La bistouille mortelle de Lille

Richard Deutsch

La bistouille mortelle de Lille

Éditions du 28 août
editionsdu28aout@wanadoo.fr

AVERTISSEMENT AU LECTEUR

Il est de bon ton, désormais, d'avertir le lecteur que tout ce qui suit est vrai.
Dans notre cas précis, tout est faux. Sauf ce que chacun voudra bien reconnaître comme véridique.

PRINCIPAUX PERSONNAGES

Le Chef : Patron du commissaire Hob, il sévit surtout à Paris. Coléreux, un peu vantard, mais efficace.

Hetib Hobzbizzeit (Hob) : commissaire divisionnaire, policier parisien, spécialistes des enquêtes difficiles, il se déplace très souvent en province, puisque le Chef déteste cela. Célibataire.

Wojciech Jablonski : 56 ans, commissaire divisionnaire en poste à Lille, d'origine polonaise. Marié à **Ada Khimoutz**, polonaise aussi, mère de deux enfants.

Gérard Verhaeghe : 60 ans, Lillois de souche, ami du Chef, professeur à l'École de Journalisme de Lille

Émilie Défêt : 36 ans, brigadier chef à la PJ de Lille, as du révolver et du GPS.

Eusèbe Bélazor : 28 ans, policier né à Villeneuve-d'Ascq, épris de littérature policière, auteur d'un ouvrage non publié, *La Mort au bout de la fourchette*.

Jenlain : 51 ans, adjoint de **Wojciech Jablonski**,

Kevin Lablonde : 47 ans, adjoint du commissaire Duporc de Bourg-en-Bresse (Ain). Passionné par la volaille.

Anselme Duporc : 53 ans, commissaire à Bourg-en-Bresse (Ain).

Vera Chytilova : 56 ans, administrative à l'Université de Prague. Franco-Tchèque, a ses entrées dans les archives de l'ancienne police politique et le monde communiste.

Pour mon père

Vouloir être de son temps, c'est déjà être dépassé.
Eugène IONESCO,
Notes et contre-notes 1962

CHAPITRE 1.
Dors, min p'tit quinquin

" Dors, min p'tit quinquin, Min p'tit pouchin ". Comment se débarrasser de cette rengaine du Nord ? Elle est obsédante, et l'on comprend que les pauvres gosses préféraient s'endormir que d'entendre égrener tous ces couplets. C'est en tout cas l'avis de ceux qui ne sont pas Chti. D'ailleurs, on peut se poser la question : la planète n'est-elle pas habitée essentiellement par les Chti et les autres ?

Vous ne vous la posez pas ? Grave erreur ! Car, voyez-vous, pour le Chef, c'était comme ça, comme le reste d'ailleurs, simple et carré. D'un côté, les Chti et, de l'autre, le reste du monde. Maintenant, pour être tout à fait franc avec vous, le Chef, je ne suis pas sûr qu'il aime beaucoup les Chti ! D'ailleurs, aime-t-il vraiment l'humanité ? Il ne vit que pour ses enquêtes, sa police et Paris. Ah, j'oubliais, il adore les statistiques, le 421, le pastis, et les rapports bourrés de détails.

Alors, quand on lui avait montré dans son bureau parisien, un article froissé de la *Voix du Nord,* il avait pesté contre " ces journaleux qui écrivent n'importe quoi ! " Là, soyons précis : il n'a rien contre les braves journalistes dudit quotidien. Non, il en veut à la gent journalistique en général. Laquelle est accusée non seulement de ne jamais fournir de détails (et ça, c'est rédhibitoire pour lui), mais pire que tout, d'inventer. Amis journalistes, inutile d'invoquer les mannes de Théophraste Renaudot, le Chef ne sait pas comment travaille un journaliste et encore moins un “ localier ”. Je devrais dire, les quelque 25 000 localiers qui font tourner notre belle et nécessaire PQR (Presse Quotidienne Régionale pour les pros). Le Chef s’en fout, faut le dire. Ce n’est pas lui qui ferait un tour à l’École supérieure de journalisme de Lille pour mieux comprendre et saisir toute la saveur de la fameuse coupure de presse qu’on lui avait collée sous le nez. Le Chef ne quitte jamais Paris. Il envoie son âme damnée, le commissaire divisionnaire Hob, quand c’est nécessaire. Et là, ça urgeait, aux yeux du Chef.

Hob, ce n’est pas son vrai nom, mais son surnom. D’ailleurs, il préfère qu’on l’appelle ainsi. Il a horreur qu’on utilise et son prénom, Hetib, et son nom de famille, Hobzbizzeit. Allez savoir pourquoi ! C’est ainsi. Ce n’est pas parce que vous lisez un polar qu’il faut croire qu’on va tout vous dire et rentrer dans ces fameux détails qui font jouir le Chef.

Or donc, c’est Hob qui a été choisi pour filer, par le premier TGV du matin (6 h 28), voir ce qui se passe du côté de la célèbre École de journalisme de Lille. Avec dans son petit cartable, le fameux article de la *Voix du Nord*.

Hob a l’habitude de partir sur un coup de tête du Chef. Je suis persuadé qu’il aime cela. Il n’est pas marié et adore s’enfoncer dans la province profonde, car il n’est pas parisien dans l’âme comme son patron. Il trouve à cette “ province ” des charmes cachés et surtout des bonnes tables, parfois supérieures et moins chères que dans la capitale. Après tout, son salaire ne lui permet pas de fréquenter les trois étoiles du *Michelin*, d’autant qu’ils se font de plus en plus rares.

Dans son fauteuil de seconde classe – l’administration n’offre la première que pour les parcours de plus de trois heures – Hob, lit et relit l’article en question. Pour se donner une contenance, pour avoir l’air de se prendre au jeu de cette nouvelle enquête. Car dans le fond, il n’y croit pas, et quand il n’y croit pas, cela ne fonctionne pas. Et il déteste ça. Là, pas de doute, il le sent bien, c’est foutu, foiré d’avance. Il fera chou blanc.

Pensez donc, une histoire tordue qui mérite au mieux la visite des flics du coin, avec un jugement immédiat en flag (flagrant délit pour les initiés), une bonne amende et rien de plus.

Bon, c'est l'avis du commissaire divisionnaire, mais ce n'est pas forcément le plus objectif. Faut le comprendre, des enquêtes, il en a fait des tas à travers l'Hexagone. Il connaît les petites manies des meurtriers sur le bout des doigts, et ce n'est pas une banale affaire de distillerie clandestine dans un quartier de Lille qui peut l'émouvoir.

D'abord, il n'y a pas de crime ni mort d'homme (ou de femme, de nos jours, faut faire attention de respecter l'égalité des sexes, jusque et y compris dans la mort violente). Ensuite, Hob ne voit pas pourquoi il doit aller prêter main forte à son collègue au nom encore plus imprononçable que le sien, le commissaire divisionnaire, Wojciech Jablonski, de la PJ de Lille. Et surtout pourquoi il doit, tout affaire cessante, rendre visite à un prof de l'École de journalisme, au sujet de l'article qu'il tripote depuis dix minutes. De toute façon, il va arriver bien trop tôt à Lille-Europe. Il sera obligé d'aller traîner dans un bistrot pour prendre son petit-déjeuner – moment sacré qu'il ne rate jamais – et cela ne le rend guère joyeux. Pas de prendre son breakfast, non, mais la possibilité de boire un café dégueulasse. Ça le met en transes et de mauvaise humeur pour le restant de la journée.

Hob n'est pas emballé par cette enquête, mais regardons-y de plus près. Et pour être objectif, dans la mesure où on peut l'être dans un tel récit, lisons ce fameux article de la *Voix du Nord* :

Lesquin, le 19 septembre. De notre correspondant local.

Hier soir, la police a effectué une perquisition au 15 rue Jules-Ferry, à Lesquin. Plusieurs personnes ont été arrêtées et emmenées à la prison de Loos-les-Lille. Un important matériel de distillerie clandestine a été saisi par la même occasion. Les voisins, interrogés par nos soins, ont confirmé que les locataires de la petite maison de briques étaient polis et discrets, parlant le français avec un léger accent étranger.

Le brigadier-chef, Alexis Dieuetmondroi, nous a déclaré, lors de la perquisition, que la police opérait suite à une dénonciation anonyme. L'alcool fabriqué illégalement, en l'occurrence, du genièvre, aurait été de très mauvaise qualité et pouvait présenter des dangers pour la santé.

Je ne sais pas ce que vous en pensez, mais il n'y a pas de quoi fouetter un chat. D'autant que, dans notre beau pays, il y a, heureusement, une loi qui interdit de maltraiter les animaux. Je comprends Hob, c'est une histoire sans importance, de celles qui font les pages des faits divers et la joie des localiers.

Article c'est vite dit, au mieux un articulet, un petit paragraphe qui se perdait dans la section consacrée à Lesquin. Bref, du banal et pas folichon. Pourtant, je vous l'ai dit, Hob est content de quitter Paris pour “ aller en province ”, mais cette enquête ne l'emballe pas.

Plus il y réfléchissait, plus il n'y voyait aucun intérêt, le commissaire divisionnaire. Ça sentait un peu la xénophobie avec “ le léger accent étranger ”, de plus, on pouvait se demander quelle attitude auraient eue les délateurs si l'alcool avait été de bonne qualité …

La délation, c'était le dada de Hob ! Non pas qu'il la pratiquât lui-même, non, pas du tout, mais il comptait sur elle, car elle lui permettait de résoudre bon nombre de cas obscurs. Par exemple, lors d'une enquête à Brest, sans l'intervention d'un brave anonyme, peu courageux de se montrer, Hob n'aurait pas découvert une preuve capitale[1]. D'ailleurs, il ne s'en cachait pas, dans son boulot, il y avait deux sources essentielles : les indics et toute la panoplie des dénonciateurs anonymes. Aujourd'hui, ces derniers raffinent. Finie l'époque de la lettre écrite à l'encre violette et la plume Sergent Major, terminée la feuille aux lettres découpées grossièrement dans le journal, révolu le message marmonné sur le répondeur d'un commissariat. Maintenant, on dénonçait par courrier électronique, photos sur le Net ou CD. Il fallait vivre avec son temps ! Parfois, Hob n'était plus sûr de vivre avec le sien. Tout changeait, trop vite, et pas en plus simple. Tout ce qui était censé simplifier la vie, semblait, au contraire, la compliquer à plaisir.

Hob était partagé entre continuer sa relecture de *Madame Bovary* – car le commissaire divisionnaire était un policier fin, gastronome et cultivé, mais oui, cela existe - ou reprendre ce maudit article. Il se résolut à se replonger dans la prose du localier de Lesquin. Comme avait dit le Chef, et pour une fois, il avait vraiment raison, cela manquait sérieusement de détails utiles. Par exemple, on ne savait pas à quelle heure avait eu lieu la perquisition/arrestation, on ne trouvait pas non plus d'informations concernant le nombre et le sexe des personnes arrêtées, encore moins leur nationalité.

Bien sûr, Hob pourrait trouver tout cela auprès de son collègue lillois, visiblement d'origine polonaise, Wojciech Jablonski. Mais cela en valait-il la peine ? Il obéirait aux ordres du Chef, et irait d'abord directement à l'École de journalisme, mais là aussi, n'était-ce pas inutile ?

Il dout,e le commissaire et on le comprend. Après tout, avec son expérience, il méritait peut-être mieux.

Il n'a pas vraiment le temps de gamberger, car il y a à peine une heure entre Paris et Lille-Europe par le TGV, et déjà tous les cadres dynamiques replient leurs ordinateurs portables, prêts à bondir sur le quai en hurlant dans leurs mobiles, “ je suis arrivé à Lille ! ”. Hob regarde tout cela d'un œil amusé, mais pas blasé, l'humanité galopante, lui, cela l'intéresse, l'amuse et le surprend toujours.

Lille, cela ne lui rappelait pas des bons souvenirs au commissaire. La dernière fois qu'il s'y était rendu, c'était la veille du fameux 11 septembre 2001, et il était justement en train de parler de terrorisme, à l'École de journalisme, quand la nouvelle des attentats de New York était arrivée. C'était gravé dans sa mémoire. Il faisait gris et froid à Lille et si beau à New

York. Comme tout le monde, il avait vu et revu des centaines de fois ces images en boucle sur les écrans de télévision, les avions percutant les tours, mauvais films d'horreur où, encore une fois, la réalité avait dépassé la fiction.

En dehors de ces images insupportables, il gardait en mémoire de bons moments gastronomiques, et c'était bien pour cela qu'il avait accepté de revenir à Lille. Même si l'enquête s'avérait, à ses yeux, inutile ou nulle. D'autant qu'il faisait le même temps qu'en 2001.

Quant au genièvre, il ne détestait pas, mais n'en raffolait pas non plus. Il préférait le gin, avec un peu de tonic et une tranche de citron. Il avait découvert, lors de son précédent séjour, que la " bistouille ", comme les gens du Nord nommaient le genièvre, était une de leur boisson favorite. Il avait même reçu en cadeau, après sa conférence à l'École, une de ces grosses et longues bouteilles en grès, cachetée à la cire, contenant le redoutable alcool à 49°.

Ce que le commissaire ne sait pas en descendant du TGV - et là, nous avons, vous et moi, un léger avantage sur lui, en tout cas, dans le déroulement du récit - c'est que le gardien Jean-Pierre Javermaerve a trouvé, le même matin, à 6 h 47, pendus dans leurs cellules respectives de Loos-Les-Lille, les deux individus arrêtés à Lesquin. Car ils étaient deux et marinaient en prison depuis une bonne semaine, sans avoir vu un juge d'instruction. La justice est parfois bien lente dans notre pays.

À peine Hob a-t-il mis le pied sur le quai de Lille-Europe que tout s'emballe à la prison de Lille, et son collègue Wojciech Jablonski est sur le pont dans ses bureaux du boulevard de la Liberté et pas de bon poil. Un prisonnier qui se pend, c'est tellement banal que cela ne fait que quelques secondes dans les media audiovisuels et l'on passe à autre sujet plus palpitant. Mais deux, cela fait du bruit. Trop, au goût de Jablonski qui, du coup, ne voit plus du tout l'arrivée de son collègue parisien d'un bon œil. Il faut dire, qu'au départ, lui non plus n'avait pas très bien compris pourquoi Paris lui balançait dans les pattes un commissaire divisionnaire. Jablonski n'était-il pas lui aussi, du même rang ? Et pour l'aider dans une minable affaire de distillerie clandestine !

Aussi, pendant que Hob cherche et trouve un bistrot à sa convenance, avenue Le-Corbusier, pour son espresso serré et ses croissants chauds et frais, Jablonski engueule copieusement ses subordonnés, car ils n'ont pas encore retrouvé le dossier concernant les deux " suicidés ". En effet, quelqu'un du service a crû bon de répondre cela au journaliste de l'AFP locale qui venait aux nouvelles. Dire que la tension monte à la PJ lilloise est certainement un euphémisme, qui n'a rien de doux pour reprendre l'expression consacrée.

Vers 8 h35, Hob a fini de prendre son petit-déjeuner et il est satisfait. Ce lundi matin est encore plus pluvieux que lorsqu'il était venu en 2001, il n'a pas pris de chapeau, car il n'en porte jamais, quant aux parapluies, il les perd régulièrement. Il affrontera donc la pluie tête nue, comme d'habitude. Son vieil imper en a vu d'autres. On remarquera que ce n'est pas un de ces luxueux vêtements de pluie comme en portent Humphrey Bogart et Robert Mitchum, mais un machin en plastique, qu'il perd aussi régulièrement que ses pébroques, et qu'il achète à Paris, aux vendeurs à la sauvette sous le métro aérien du côté de Stalingrad. Le commissaire a eu le temps de lire les journaux locaux - il ne comptait pas trouver des infos sur son " enquête " - et même *The Independent*. Son anglais est un peu rouillé, mais suffisant encore pour parcourir un canard britannique.

Le matin, à Lille, ça s'active dans tous les sens. D'abord parce que c'est plus qu'une métropole régionale, c'est un carrefour entre la Grande-Bretagne et la Belgique si proches, ensuite parce que c'est la porte sur l'Europe du nord. Alors pour Hob, cette ridicule affaire de bistouille illégale paraissait vraiment de la petite bière (tiens, celle-là aurait bien plu au Chef au moment de l'apéro) dans cette grande ville.

Hob avait fait ses recherches avant de “ monter ” à Lille. Il avait repéré sur *ViaMichelin* la PJ et l’École de journalisme : coup de chance, les deux étaient proches l’une de l’autre. Bien sûr, il aurait pu se rendre chez les journaleux (comme disait le Chef), rue Gauthier-de-Châtillon, à pied, mais il n’avait guère envie de se faire tremper. Aussi, il héla un taxi en maraude au sortir du bistrot.

À l’École, il devait voir un des responsables de la section internationale, Gérard Verhaeghe, Lillois de souche, qui était un ami du Chef. Pour Hob, c’était une première. Depuis les nombreuses années qu’ils se subissaient l’un et l’autre, le Chef n’avait jamais parlé de sa vie privée et encore moins de ses amis. Le dit Verhaeghe, visiblement, faisait des heures supplémentaires pour les RG, car le Chef avait bien dit à Hob, “ qu’il connaissait tout Lille comme sa poche, mieux que les poulets du coin ”. Hob détestait que les policiers utilisent cette expression. Que le grand public les affuble de tous les noms de volatiles possibles, cela ne le dérangeait pas. Mais il ne fallait pas en rajouter. Lui ne se sentait ni un argousin, ni membre de la rousse et encore moins, comme disaient les jeunes aujourd‘hui, un “ keuf ”. Il était un policier de la PJ. Point final.

Son portable se mit à sonner. Pour lui, cet instrument n’était pas un plaisir, mais une nécessité. Il ne le mettait en marche que lorsqu’il travaillait et, souvent, il l’éteignait, pour ne pas être joignable, surtout par le Chef, qui n’avait aucun respect pour le sommeil de ses subordonnés.

- Jablonski à l’appareil !

- Oui, ici Hob.

- Hob ?

- Hobzbizzeit ! Tout le monde m’appelle Hob, c’est plus simple.

- D’accord, moi c’est Jab pour tous.

- Parfait. Si vous m’appelez, c’est qu’il y a du nouveau, à moins que notre rendez-vous ne soit annulé.

- Pour du nouveau y en a, Hob ! Les deux as de la bistouille frelatée se sont pendus cette nuit. Quant à notre rendez-vous, il est avancé ! Vous vous pointez dare-dare à la PJ, je vous attends.

- Bon, disons dans une heure environ, ça ira ?

- D'accord ! si je ne suis pas là, demandez mon adjoint, Jenlain, comme la bière. À plus !

La première impression de Hob était bonne : c'était bien une affaire merdique. Tous les services internes de la police allaient leur descendre sur le paletot, sans compter les media qui allaient encore se déchaîner. Et toutes ces emmerdes pour de la bibine de contrebande ! Mais pourquoi donc le Chef l'avait envoyé ici ? Des crimes en tout genre et bien compliqués, cela ne manquait pas en ce moment sur le territoire. Hob aurait préféré s'occuper de cette sordide histoire de corps découpés en morceaux et retrouvés, soigneusement, éparpillés des deux côtés de la frontière franco-suisse, à Douvaine (Haute-Savoie).

Le taxi avait réussi à contourner les plus gros embouteillages du lundi matin et s'était arrêté devant l'École de journalisme. Il pleuvait toujours et un petit vent mauvais, du Nord, bien sûr, s'était levé, et balayait de grosses feuilles mortes trempées.

Gérard Verhaeghe était un grand sec, approchant la soixantaine. Ses rares cheveux blancs étaient soigneusement plaqués (avec du gel ?) sur son crâne, comme s'il craignait de les voir s'envoler au moindre courant d'air. Avec sa poignée de main moite et mollassonne, son blazer bleu marine et son foulard de soie, il donnait l'air d'un diplomate du Quai d'Orsay en retraite. Trop poli pour être honnête. Mais c'était le pote du Chef, alors fallait écouter.

Ce que Hob fit, car il n'eut pas besoin de questionner la gravure de mode pour seniors, l'autre déballa tout, au-dessus d'une tasse d'un liquide noirâtre que la décence empêchait d'appeler café. Hob cherchait d'où venait ce petit goût particulier, tout en faisant mine d'être fasciné par le récit de Verhaeghe. D'un seul coup, la réponse fusa dans son cerveau :

de la chicorée ! Ce qu'il buvait, c'était un baquet de chicorée ! Une voisine de sa grand-mère en servait à toute heure. Le divisionnaire fit un gros effort de concentration pour suivre le flot de paroles du professeur de l'École de journalisme. Il devait faire de la radio, celui-là ! Jamais de " blanc " à l'antenne ni dans la conversation !

- …car vous ne vous en rendez pas compte, vous les Parisiens, Lille est une capitale du trafic en tout genre ! Ne vous y trompez pas, l'affaire de la bistouille c'est plus complexe qu'il n'y paraît. Vous verrez ! D'ailleurs, les deux zigomars qui ont été pendus, cela devrait vous mettre la puce à l'oreille, non ?

Là, il marquait un point, le vieux beau ! Il était déjà au courant, et probablement avant même Hob. D'ailleurs, il venait de faire une pause pour admirer l'effet produit par sa petite bombe matinale. Il devait aussi faire du théâtre, le journaleux. Hob n'allait pas lui donner trop de satisfaction, aussi répondit-il par une question :

-" Ont été pendus ", qu'entendez-vous par là ?

- Parce que vous imaginez que ces deux freluquets, escrocs à la petite semaine, avaient envie de passer de vie à trépas alors qu'ils avaient à peine vingt ans chacun ?

- Cher monsieur, je ne suis pas ici pour avoir de l'imagination, mais pour découvrir des faits et les analyser. Vous sous-entendez que ces deux individus ont été assassinés dans leurs cellules, donc avec la complicité de la police. C'est une accusation grave !

- Je n'ai jamais dit qu'ils s'étaient ou avaient été pendus " dans leurs cellules ", il y a des tas d'endroits dans une prison où l'on peut faire des " cravates " aux pensionnaires.

- Soyez plus clair, monsieur Verhaeghe ! Vous me dites maintenant que les deux escrocs ont été assassinés par des prisonniers ?

- D'après mes informations, tout le laisse à penser. Je vous l'ai dit, c'est une grosse affaire, sinon le Chef ne vous aurait pas envoyé à Lille. Ni me voir. Hobzzizbeit, vous…

- Hob, s'il vous plaît !

- Hob, vous pouvez comptez sur moi. Voici les numéros de téléphone, personnel et mobile, où vous pouvez me joindre 24 h sur 24. N'hésitez pas !

Le divisionnaire prit la carte de visite, remercia, salua et évita de finir le grand bol de chicorée qui était posé sur la petite table du bureau de Verhaeghe. Il refusa de se faire accompagner vers la sortie, qu'il trouva aisément. Dans un des couloirs, un écran de télé diffusait les dépêches de l'AFP : un nouvel ouragan s'apprêtait à frapper les côtes de la Floride.

Verhaeghe était bien une créature comme le Chef : corps et âme dévoués à la Loi et l'Ordre. Sans doute n'émargeait-il même pas au RG, donnant ses informations pour le plaisir de rendre service et d'intriguer. Il devait y trouver une certaine satisfaction à surveiller son petit monde lillois, depuis son bureau de l'École, telle une araignée épiant dans un coin de sa toile. Hob aurait parié qu'il n'était pas marié et que, la nuit tombée, le sérieux professeur changeait de costume pour fréquenter des milieux qu'autrefois on nommait interlopes.

Il était plus de onze heures, la pluie n'avait pas cessé, et Hob se dirigea d'un bon pas vers le siège de la PJ, boulevard de la Liberté. Jablonski n'avait pas rappelé, donc on pouvait envisager un certain répit sur le front des catastrophes. Verhaeghe en avait dit trop et pas assez, mais Hob se doutait bien qu'il aurait encore besoin de lui dans les prochains jours. Chaque ville de France a ses caractéristiques propres – si l'on peut dire, surtout quand on plonge dans ses dessous peu ragoûtants parfois – et ce n'est pas un “ étranger ” qui peut les découvrir facilement. Il faut des intermédiaires, et là des gens comme Verhaeghe sont utiles. À leur façon, ils font aussi de la délation et s'adonnent à ce que Hob nomme le sport national des Français, avant le Loto, le tiercé et l'apéro. Sans indics, sans délation, la police n'aurait pas de grands succès à montrer au public. Pour Hob, c'était déjà bien suffisant que de trop nombreux assassins coulent des jours tranquilles et pas qu'à Clichy.

Quand le commissaire arriva à la PJ, Jablonski n'était pas là et Jeanlain non plus. On le fit attendre dans le bureau du patron : un de ces endroits neutres, meublé avec le talent particulier de l'administration. Le divisionnaire local y avait ajouté une touche personnelle : une grande photo de sa femme et de ses deux enfants sur son bureau. Car au mur, trônaient, obligatoirement, un buste de Marianne et le portrait, en pied, du président de la République.

Calé dans un fauteuil qui se voulait confortable, Hob réfléchissait à cette curieuse enquête. Pour cela, il n'avait pas besoin de fumer ou de mâcher de la gomme. Il croisait ses mains sur ses genoux et son regard devenait un peu vague.

Cela ne dura pas longtemps. Un jeune policier entra en coup de vent dans le bureau pour y déposer un dossier et au même instant, le portable du divisionnaire sonna. Il jeta un coup d'œil sur l'écran : c'était le Chef, autant le prendre tout de suite.

La conversation fut brève et, contrairement à ce que pensait Hob, elle ne concernait pas l'affaire de la bistouille, mais une vieille histoire qui remontait à la surface : une série de meurtres non élucidés dans les marais des Dombes. Le juge d'instruction de Bourg-en-Bresse (Ain) venait de rouvrir l'affaire. Hob s'en était occupé, deux ans auparavant, mais sans succès. Le Chef lui demandait donc de donner un coup de main, depuis Lille, aux différentes instances qui se remettaient en route. Pourquoi pas ? Il souhaitait ardemment mettre la main sur le ou les meurtriers et il avait sa petite idée sur la question. Tout aurait été plus simple s'il avait été sur place, il devrait donc faire avec le téléphone et le fax, en attendant de se rendre sur place. Ce qui ne saurait tarder : malgré les affirmations de Verhaeghe et la panique – compréhensible – de Jablonski, Hob ne se voyait pas rester des semaines à Lille. Il était midi douze, il avait faim et soif et l'idée de savourer une de ces bonnes bières belges commença à le tarauder ferme.

Le commissaire divisionnaire au nom polonais avait dû l'entendre penser très fort, car il entra brusquement dans son bureau :

- Hob ! Heureux de vous rencontrer ! On va déjeuner ? On parlera tranquillement, je connais un endroit agréable et discret.

- Volontiers, Jab !

Quand on le prenait par l'estomac, Hob ne savait pas résister. En descendant la grande volée d'escaliers aux côtés de son collègue, le policier parisien pensa que " Hob et Jab ", cela faisait un peu trop numéro de comiques pour banquets du troisième âge. Le froid vif et la pluie du dehors lui rappelèrent qu'il n'était plus si jeune que cela et que - comme disait, méchamment, Groucho Marx à Chaplin, son ennemi juré —, " à nos âges, il faut bien se couvrir ! ".

CHAPITRE 2.
Jab n'était pas du genre à faire de la marche à pied

Jab n'était pas du genre à faire de la marche à pied (peut-être en avait-il trop fait au début de sa carrière, et n'appelait-on pas les flics des " pieds-plats " ?) et il fit monter Hob dans une voiture banalisée, conduite par un jeune homme en civil. Quelques minutes plus tard, et malgré la circulation dense, la Peugeot noire les déposa rue des Chats-Bossus, à l'*Huîtrière*.

Il avait bon goût, Jab – une étoile au Michelin, c'est très respectable comme cantine pour un policier - et cela alla droit au cœur du commissaire divisionnaire parisien. Un homme qui aimait discuter devant de bons plats ne pouvait pas être de mauvais commerce. En tout cas, Hob n'en n'avait jamais rencontré au cours de sa carrière, qu'il soit flic ou assassin d'ailleurs. Car il ne juge jamais les criminels, il fait son boulot, sans tomber dans le travers d'un Maigret, qui parfois laisse filer les meurtriers. Mais revenons au restaurant, car Hob a une sérieuse faim, tout comme Jab à en juger par la façon dont ce dernier se précipite dans la petite salle à manger discrète et parcourt la carte avec avidité. À l'entrée, Hob a admiré le très beau décor en céramique de la poissonnerie. Cela vous met en appétit.

Pendant le court trajet en voiture - les deux hommes sont de la même génération, car le commissaire a lu la bio de son collègue : cinquante-six ans juste le 25 décembre - ils ont échangé des banalités d'usage sur le temps et les embouteillages. Hob est en empathie avec ce petit-fils d'émigré polonais venu en France travailler dans les mines de charbon. Il est d'un abord franc, il a la poignée de main ferme (un critère important pour le Parisien) et un regard direct. Il connaît son métier et la Grande Maison. L'enquête devrait être rondement menée, et, après quelques jours de travail et de bons repas, il pourrait revenir à Paris ou retourner à Bourg-en-Bresse finir cette histoire de cadavres dans les étangs des Dombes. Finalement, cela ne se présentait pas si mal, ce séjour lillois.

- Mon vieux, lança Jab, ici c'est le paradis du poisson et des crustacés. On m'a dit que vous aimiez ?

Il laissa sa phrase en suspens avec un demi-sourire, car il est sûr de la réponse.

- Bravo, vous vous êtes renseigné aux meilleures sources. En effet, plus je rajeunis, moins je ne sais si c'est le poisson que je préfère ou la viande, à moins que ce ne soit les crustacés. Je vois que la carte est imposante et laisse rêveur.

- Vous êtes mon invité, bien sûr, reprit Jab, qui fit un signe au maître d'hôtel discret. Celui-ci s'éclipsa aussitôt.

Hob sourit et remercia d'un signe de tête. Quelques instants plus tard, les deux hommes dégustaient, chacun, une douzaine d'huîtres du Zuiderzee. Puis Jab fit un sort à un homard poêlé aux pommes de terre et à l'estragon, tandis que Hob savourait une large tranche de turbot rôti à la bière et aux endives.

- Adepte des chicons ? demanda le Lillois en riant.

- Parisien je suis, certes, mais, cher collègue, je sors un peu, et vous ne me prendrez pas au petit jeu du vocabulaire nordiste. J'avoue que je ne parle pas le chti et que je ne connais pas tout, mais les chicons[2], oui j'aime bien, sous toutes les formes.

Hob avait de plus en plus de sympathie pour son homologue du Nord, non pas parce qu'il ne parle pas de l'enquête pendant le repas – la plupart du temps, le commissaire parisien les prend seul, les siens – mais parce qu'il a pris soin d'éteindre son portable, ce que Hob fait systématiquement avant de passer à table. Réfléchir aux enquêtes en dînant, l'âme damnée du Chef adore cela, pas comme Montalbano, qui a horreur qu'on le dérange pendant qu'il baffre. Car le Sicilien est capable d'avaler un kilo de bar de ligne, en silence.

Quatre-vingt dix minutes et plusieurs bières plus tard, les deux hommes repoussèrent légèrement leurs chaises. Le moment est venu de parler de l'enquête. Jab a commandé deux cafés bien serrés et deux petits verres, glacés, de bistouille. Cela s'imposait et fit sourire Hob.

Les espressos étaient excellents, et Hob dégusta son genièvre lentement. Fort mais fameux.

- Vous savez, Hob, qu'en fait notre bistouille contient fort peu de genièvre, au mieux quelques kilos de la petite baie bleu pour six tonnes de céréales (blé, malt et avoine). Pourtant, le goût est là. Quant à la fabrication, elle ressemble un peu à celle du whisky. Aujourd'hui, c'est presque une boisson de luxe. Fut un temps où c'était celle des ouvriers, et plus d'un a succombé au petit verre de Loos. Vous vous souvenez de Zola et de ses “ assommoirs ” ?

Hob hocha la tête puis répondit :

- Excellente introduction à notre enquête de bistouille frelatée. En quoi puis-je vous être utile ? Car il me semble que tout cela ne soit pas une affaire considérable, malgré ce qu'en dit le Chef.

- Le Chef n'a pas tort et, comme toujours, il est fort bien informé.

Jab n'arborait plus son sourire, il avait baissé le ton et regardait Hob droit dans les yeux. Il continua :

- Depuis plusieurs semaines, nous avions placé sous surveillance la petite maison de Lesquin. La bistouille, vous vous en doutez bien, ce n'était qu'un prétexte. Fort bien trouvé, d'ailleurs, par nos bouilleurs de crû à la petite semaine. De la fausse bistouille, il en a toujours circulé, comme de l'absinthe ou du pastis. C'est plus ou moins redoutable, mais, heureusement, il n'y a pas encore eu mort d'homme ! Ce qui nous a mis la puce à l'oreille, voyez-vous, c'est que nos trafiquants ne se cachaient pas du tout. D'ordinaire, ils prennent un minimum de précaution – après tout, un alambic laisse des effluves très indentifiables dans l'air – et n'écoulent pas la marchandise sur place. Là, nos amateurs ont tout fait pour se faire prendre...

- Je ne comprends pas, lâcha Hob, en reposant son verre vide.

Le maître d'hôtel réapparut avec un autre, plein et frappé à point.

- Moi non plus, c'est pourquoi je me suis penché sur l'affaire. D'autant que les quantités étaient ridicules. Tant qu'à faire, dans ces opérations, autant travailler en grand et produire beaucoup : le risque est le même.

- Vous sous-entendez qu'ils se sont fait prendre volontairement, donc pour masquer une autre opération plus importante de leur bande ?

- Je vois que votre réputation n'est pas altérée par notre alcool régional, reprit, en souriant le commissaire lillois. Exact, je pense comme vous ! Mais là où tout valse dans notre raisonnement, c'est leur " pendaison ".

- Vous n'y croyez pas du tout ? lança Hob, en dégustant son deuxième verre de bistouille.

- Absolument pas ! La prison de Loos-les-Lille, ce n'est pas un moulin où l'on entre et l'on sort comme l'on veut ! On n'y tue pas non plus impunément.

- Donc, personne n'est venu de l'extérieur faire le coup ?

Jab secoua légèrement la tête tout en reposant son verre.

- Alors, c'est quelqu'un de l'intérieur, des prisonniers de la même bande qui avaient pour mission d'éliminer ces deux-là dès qu'ils seraient arrêtés. Moralité, on a à faire à du gros gibier, bien organisé, et je présume au niveau international, car si j'ai bien compris, les " suicidés " étaient étrangers ?

- Bulgares ! Mais cela n'a aucune importance, ils auraient pu être turcs ou hongrois, voire polonais !

Hob apprécia ce clin d'œil. Il tendit imperceptiblement l'oreille. Il avait cru reconnaître un cri qu'il détestait entre tous : celui de la mouette rieuse[3]. Après tout, Lille n'était pas si loin de la mer.

- Ce réseau fait dans l'alcool frelaté sous tous les cieux ? reprit Hob.

- Je ne le pense pas. Cela fait des lustres que nous n'avons pas eu ce genre de clients, ni ici, ni en Belgique d'ailleurs. Vous savez que nos douanes sont encore plus actives depuis la suppression des frontières dans la zone européenne. Donc, l'alcool de contrebande se fait rare. À mon sens, c'est plus gros et plus rentable, et comme tout l'illégal en ce moment, au niveau européen, sinon mondial.

- Et vous avez une idée ?

- Disons des soupçons, mais rien de ferme. Donc, je ne préfère pas trop en parler à nos hiérarchies. Il n'est jamais facile de les convaincre, alors arriver avec de vagues idées, ce n'est pas le bon moyen.

Le commissaire lillois hésita un peu, recommanda deux espressos et dit finalement :

- Je n'ai aucune preuve valable, que des remontées d'indics, mais si c'est vrai, nous sommes mal partis ! Il s'agirait de la mafia chinoise.

- Les Triades ?

- Je crains, hélas, que oui.

- Je vois, mais la mafia chinoise n'est-elle pas spécialisée dans les diverses drogues dures plutôt que dans l'alcool ?

- Vous avez raison, Hob, mais cette fois-ci, les Triades se sont lancées dans un domaine auquel nous n'avions jamais pensé, en tout cas, ici, en France.

Il faisait un peu trop durer le suspense, le descendant de

Polonais bien intégré, aussi Hob prit sur lui de ne pas s'impatienter, de ne pas regarder sa montre et de ne pas allumer son portable.

Son collègue lâcha enfin :

- La bouffe !

- Comment ça, la bouffe ?

- Hob, vous n'êtes pas sans savoir, vous fin bec, combien tout ou presque de ce que nous mangeons est le résultat des efforts de l'industrie agroalimentaire.

- Pas ici, en tout cas !

- Je vous l'accorde, dit le Lillois en souriant, et c'est bien pourquoi j'aime venir à cette adresse et y emmener mes amis. Mais, Hob, des endroits comme ici sont en voie de disparition. Il y a toute une frange de la restauration à prix moyen qui tire le diable par la queue, et, comme partout, il y a des brebis galeuses, si j'ose l'image.

- Je ne vois toujours pas le rôle des Chinois dans tout ça, à part peut-être le riz et les canards. Je sais bien qu'ils fabriquent presque tout ce que nous trouvons dans les magasins, mais quand même pas nos baguettes de pain, nos crustacés ou notre vin !

- Là, je vous arrête, mon vieux. Cela fait belle lurette que des grands domaines viticoles français ont investi en Chine et, bientôt on verra sur nos tables des bordeaux *made in China*, ou quelque chose de similaire !

- Admettons, mais les Triades dans tout ça ?

- Elles sont futées, et leurs membres ne sortent pas des bas-fonds, mais des meilleures universités mondiales. En France, qu'est-ce qui est important ? Après le fric et le cul, bien sûr. La bouffe ? Oui. Et elle coûte cher. Donc, les Triades sont en train de s'infiltrer lentement, si mes informations sont correctes, sur le marché français de la restauration.

Hob parut choqué et perturbé. Il resta méditatif et silencieux. Il comprenait mieux maintenant l'insistance du

Chef pour qu'il se rende à Lille. Ses indics ou ceux de Jab avaient fait remonter les infos. La bistouille n'était qu'un prétexte, et l'affaire prenait une autre ampleur. Si les Triades rentraient dans l'agroalimentaire hexagonal, elles risquaient de le déstabiliser sérieusement. D'un point de vue économique c'était grave, d'un point de vue sanitaire, cela pouvait être tout aussi catastrophique que de la bistouille de contrebande.

- Vous envisagez donc de la nourriture de mauvaise qualité ?

- Écoutez, Hob, jusqu'à présent tous les éléments retrouvés prouvent le contraire !

- Alors là, je comprends de moins en moins. De nos jours et pour ces gens-là, le but c'est bien de vendre cher un produit qui ne leur coûte presque rien, donc d'une qualité douteuse, non ?

- Vous avez raison sur le fond, Hob, mais pas sur la forme ni sur le goût, si j'ose me permettre. Voyez-vous, on a déjà saisi ici, à Lille et à Bruxelles ainsi qu'à Louvain, dans des établissements d'un certain standing, des plats préfabriqués, en sachets, congelés, ou sous vide, voire lyophilisés, en provenance de Chine. De façon totalement illégale puisque ayant échappé à nos contrôles vétérinaires et sanitaires…

- C'est vrai, cela arrive parfois : de la dorade ou des coquilles Saint-Jacques congelées qui n'ont jamais vu ni la Méditerranée ni la baie de Saint-Brieuc !

- Je ne parle pas de cela, Hob ! Vous aimez le Tournedos Rossini ?

- Bien sûr !

- Parfait ! Les cuistots chinois ont réussi à le fabriquer en sachets sous vide, et le foie gras arrive sous la forme d'une mousse en bombe comme la crème à raser. Je le sais, car j'en ai mangé.

- Et c'est dégueu, n'est-ce pas ?

- Pas du tout, mon vieux ! C'est délicieux, et nos papilles, pourtant exercées, n'y voient que du feu ! Difficile à croire, n'est-ce pas ? Et pourtant vrai ! Et je peux vous en dire autant de la poularde demi-deuil.

- Admettons, Jab, admettons. Mais tout cela a un prix !

- Justement, c'est là où les Triades triomphent, car elles fournissent cela à des prix imbattables, et nos restaurateurs français achètent avec allégresse et sans se poser trop de questions métaphysiques, vu que les clients sont ravis et en redemandent !

- Les Chinois ont donc inventé le " prêt-à-manger de la cuisine française " ?

- Pas eux, Hob, mais ils l'ont perfectionné.

Hob fit pivoter sa chaise, décroisa ses jambes. Il avait une furieuse envie de se lever et de marcher.

- Et ils vont s'engouffrer dans la brèche ouverte par la réforme des CAP de cuisinier dans notre pays, n'est-ce pas ? Désormais, le savoir-faire d'un cuistot de chez nous consistera à manier les ciseaux et à allumer le gaz !

- Hélas, oui, je vois que vous suivez ce dossier de près, mais nous ne sommes pas nombreux à nous préoccuper de ce problème. Vous ne lisez pas le flamand, je suppose, alors laissez-moi vous traduire au moins le titre de cet article.

Jab avait sorti de la poche intérieure de son veston, une coupure soigneusement pliée, il la posa sur la table et dit :

- C'est extrait du quotidien *Die Morgen*, et c'est une longue enquête parue l'été 2005, intitulée " *Meurtre dans la cuisine française* ". En gros, on y démontre que la bonne petite bouffe de la cuisine bourgeoise n'est plus mitonnée avec amour par le gars derrière ses fourneaux. Lui ou ses gâte-sauces ouvrent des petits sachets de plastique qu'ils trempent dans l'eau bouillante, d'un côté la viande ou le poisson, de l'autre les sauces. On mélange, on sert chaud, et hop, passez muscade !

- Je vois, donc j'ai dû moi aussi profiter des bienfaits du prêt-à-manger ?

- Ce n'est pas impossible. Cela se répand, mais attention, l'industrie agroalimentaire française est aussi responsable. Les Chinois ne font que suivre la mode et les tendances et fournir une certaine demande. Le tout de façon discrète et incontrôlée.

Et dire que, dans notre jeunesse, on nous bassinait avec l'histoire des petits Chinois qui crevaient de faim.

- Et ça rapporte gros, si j'ai bien compris ?

- Aux dernières nouvelles, plus que les stupéfiants ! C'est moins dangereux, plus facile à trouver. Quant au transport, rien d'illégal à envoyer un Boeing 737 cargo de Pékin à Amsterdam, chargé de ces charmants produits.

Il était assommé, le commissaire parisien, et cela lui avait coupé l'appétit. Heureusement que Jab l'avait emmené dans un excellent restaurant de produits frais et non douteux, sinon il aurait vomi son repas. Si maintenant, la bonne bouffe française était trafiquée et passait par la mafia chinoise, le monde était à l'envers !

- Je vois. Quel est votre plan, et comment puis-je vous aider ?

Tout en posant sa question, il regarda sa montre : presque trois heures de l'après-midi. Le commissaire lillois s'offrait de longues pauses déjeuner, et cela n'allait pas plaire du tout au Chef, qui devait déjà avoir laissé au moins trois messages sur le portable de Hob.

- Cela va vous étonner et peut-être même vous dégoûter, à en juger par votre réaction à l'instant. Il va falloir aller déjeuner et dîner dans certains restaurants. Je suis connu à Lille et dans la région, impossible pour moi de me montrer partout. D'autre part, je n'ai pas parmi mes subordonnés des hommes ou des femmes avec un palais aussi fin que le vôtre et avec votre expérience de la cuisine française…

- Jab, vous me faites beaucoup d'honneur, mais vous feriez mieux de recruter des inspecteurs du *Michelin*, du *Gault et Millau*, du *Guide Mochet*, et j'en passe. D'ailleurs, ne me dites pas que quelques-uns de ces messieurs et de ces dames n'arrondissent pas leurs fins de mois en passant à la caisse des RG !

- Ils paient fort mal, croyez moi, il faut une âme bien citoyenne pour travailler pour eux.

Hob préféra laisser glisser le sujet, sur lequel il avait des opinions bien précises comme nous le savons.

- Je vous ai préparé une liste de restaurants à Lille-Roubaix-Tourcoing. Je vous mettrai en rapport avec nos collègues de l'hygiène et des services vétérinaires. Dans un premier temps, on observe, on repère puis on frappe un grand coup, le même jour et dans plusieurs endroits. Je sais, je n'empêcherai pas le trafic de continuer du côté chinois, mais je pense qu'il sera au point mort, pendant un certain temps, du côté français. À nous et aux autres services d'utiliser au mieux cette brève période pour convaincre nos amis restaurateurs de ne pas se lancer dans ce commerce douteux.

Le projet semblait tout à fait valable au commissaire parisien, de toute façon, il fallait bien commencer par un bout de cette mystérieuse chaîne.

- Jab, je vous prie de m'excuser, mais je dois consulter mon portable, je suis sûr que le Chef m'a déjà contacté et…

- Allez-y ! Je comprends et je vais faire de même. Quel dommage que nous ne puissions pas régler toutes nos enquêtes autour de si bonnes tables.

Il poussa un soupir à fendre l'âme en allumant son portable, tandis que Hob consultait le sien. Comme prévu, le Chef avait appelé.

Car vous imaginiez qu'il allait laisser Hob tout seul dans la nature, sans lui passer des coups de fils incessants ? Vous connaissez mal le Chef ! Lui ne bouge pas de Paris, mais il contrôle son petit monde par téléphone ou fax. Il veut tout savoir, et on a intérêt à lui répondre vite et bien, toujours avec un maximum de détails.

Dans le cas particulier, Hob, a de la chance, le Chef ne lui demande pas un rapport complet et précis, mais lui fait le point sur «les cadavres des Dombes», comme il les appelle dans son jargon. Et Hob a une folle envie de rentrer à Paris, de s'emparer du dossier sur le bureau du Chef et de prendre le premier TGV pour Bourg-en-Bresse. Car cette enquête lui est quand même restée en travers de la gorge, et maintenant il sent qu'avec les dernières informations, il va pouvoir la clore. Et ça, Hob adore par-dessus tout. Encore plus qu'un excellent repas, et pourtant cela tient une grande place dans sa vie de célibataire.

- On y va ? demande Jab.

- Bien sûr, autant se mettre au travail tout de suite et faire connaissance avec votre équipe ce jour même.

- Parfait, en route !

Façon de parler, car la Peugeot noir attendait devant la porte du restaurant. La pluie avait cessé, mais le vent balayait les feuilles mortes en gros tourbillons. Pendant les quelques minutes nécessaires au trajet vers le boulevard de la Liberté, Jab expliqua à son collègue les dispositions qu'il avait prises le concernant : un bureau au même étage que lui, une voiture banalisée, mais avec radio et chauffeur à sa disposition, une carte de crédit pour ses enquêtes-repas. Il avait pensé à tout.

Hob le remercia et prit possession de son bureau dès son arrivée. Il n'avait pas parlé à Jab de l'affaire des cadavres des Dombes. C'était, à son avis, inutile. Mais il avait hâte d'en savoir plus, car le Chef lui avait mis l'eau à la bouche.

Pensez donc : pendant quatre ans, personne n'avait réussi à identifier les cinq corps repêchés au fil des semaines. Et d'un seul coup, par un patient travail de comparaison d'empreintes digitales et dentaires, au niveau européen, on avait obtenu des résultats plutôt surprenants.

Aucune des cinq personnes noyées n'était des chasseurs français, comme on l'avait supposé un temps. Pourtant, on avait retrouvé chaque fois des équipements de chasse et des fusils ad hoc auprès d'eux.

Pourquoi diable un dentiste hongrois unijambiste serait-il venu, seul, boire le bouillon infect d'un étang à Ambérieux en Dombes ? La même question se posait de nouveau pour les quatre autres : un ophtalmologue croate manchot ; un professeur de médecine tropicale allemand, avec un pied-bot ; un oto-rhino-laryngologue tchèque et un ornithologue turc, ces deux derniers pas diminués physiquement comme les premiers. Eux aussi avaient bu la tasse et définitivement dans d'autres étangs bien connus de la région.

Hob essaya de se concentrer sur sa nouvelle enquête en rencontrant ses collègues. Ils étaient tous sympas et heureux de travailler avec lui. Certains s'excusèrent " de ne rien connaître à la bouffe ", étant de farouches adeptes de la restauration rapide ! Mais ils étaient tous partant pour ce qui s'annonçait comme une enquête complexe, bien plus qu'il n'y paraissait quelques heures plus tôt.

Le commissaire parisien apprit avec plaisir que son collègue lillois lui avait réservé un petit hôtel tranquille, familial, dans le centre de la ville, à quelques enjambées de la Rue Nationale, donc de la PJ. Il pensait à tout, ce Jab !

Hob passa sa langue sur ses lèvres, il avait soif. Les huîtres et la bistouille desséchaient un peu le gosier. Il lui fallait une de ces bonnes bières du Nord pour se remettre d'aplomb. Rien qu'à cette pensée, il reprit du poil de la bête et compléta, non sans mal, toute la paperasse administrative qui l'attendait déjà sur son bureau. Dans la Grande Maison, où que l'on aille, on ne pouvait guère être dépaysé. Certes, les modèles d'ordinateurs étaient plus ou moins récents, le mobilier plus ou moins fatigué, les bureaux plus ou moins grands et propres. Mais les fiches à remplir et les demandes et les autorisations de prêt d'armes ou de voitures étaient toujours, partout les mêmes !

Chapitre 3.
Après quelques bières, Hob avait cédé à la tentation

Après quelques bières, Hob avait cédé à la tentation de la moule-frites. Il n'en avait pas remangé depuis son dernier séjour à Lille. À l'époque, il se souvenait avoir été quelque peu surpris de voir, que dès sept heures du matin sur le quai de la gare de Lille-Flandres, les gens du coin entamaient leurs barquettes de frites à la mayonnaise. Chacun ses goûts !

L'établissement où il s'était rendu, rue Faidherbe, sentait bon la frite chaude et la bière, un endroit pour touristes comme pour locaux. Sans chichis, bon enfant. Ici, on ne faisait pas dans la gastronomie, mais dans la nourriture solide, simple et fraîche. Les frites n'étaient pas congelées, l'huile était changée régulièrement, et la bière sans faux col. Ce qui prouvait, pensait le commissaire parisien, que la bonne cuisine française de base, avait encore un grand avenir, malgré les avancées de la restauration dite “ rapide ” et les petits sachets en plastique des Chinois.

Restait maintenant le plus difficile, convaincre les patrons des restos. On pouvait comprendre qu'ils cèdent à la tentation du prêt-à-manger pour des raisons économiques, à court terme. Comment leur expliquer que leur intérêt, au long terme, était de faire dans la bonne bouffe, classique, fondamentale ? Ne lisaient-ils donc jamais les journaux ? Leurs voisins proches, les Britanniques, avaient, eux, su renouer avec leur cuisine traditionnelle et inventer les “ gastropubs ” ! Il était temps que nos compatriotes se réveillent. Mais cela n'était le boulot du commissaire.

Pour Hob, l'enquête qui se présentait avait de bons côtés – une tournée plus qu'alléchante de restaurants intéressants – mais aussi des aspects plus complexes, en tout cas pour lui. Certes, l'équipe de Jab était sympa et pleine d'enthousiasme, mais lui n'avait pas une grande connaissance de cette vaste conurbation, comme disaient les géographes, qu'étaient devenues Lille-Roubaix-Tourcoing. S'y retrouver dans ce dédale de rues qui n'en finissait plus, sous la pluie, le soir, ne serait pas des plus plaisants. Hob aimait plutôt flâner, à pied, de cafés en restos, lécher les vitrines, saisir l'atmosphère du coin, voir comment on y vivait, faire les marchés, entrer dans les boutiques. Ici, la surface à couvrir était gigantesque et interdisait l'approche habituelle du commissaire.

En début de soirée, à la PJ, un jeune brigadier lui avait remis –contre signature sur sept exemplaires, bien sûr – un de ces petits gadgets que Hob voyait de plus en plus : un PDA, soit en bon français un organiseur, ou plus exactement, pour les gens de sa génération, un agenda électronique. Hob avait haussé les sourcils de surprise, lui qui ne travaillait qu'avec des petits carnets longitudinaux, à spirales, de chez *Clairefontaine*, réglure Seyes, donc à petits carreaux de cinq millimètres de côté (ça, c'est la déformation de la précision du Chef). Il écrivait avec son stylo à plume *Mont-Blanc*, cadeau d'un ancien collègue décédé depuis longtemps. Alors l'électronique, ce n'était pas vraiment sa tasse de thé.

Cependant, le jeune policier avait insisté pour lui montrer tous les avantages de l'objet – Hob, lui, avait vu que la batterie était de courte durée et qu'il fallait vite retrouver une prise de courant pour recharger, sinon on perdait tout – en insistant sur une fonction : le GPS. Dans cette boîte métallique, au format d'un petit portefeuille, on trouvait, outre les attributs d'un agenda, un système de guidage par satellite !

- Et la chose ne fait pas encore le café ? n'avait pu s'empêcher de demander, un peu sarcastique, le commissaire parisien.

Il n'avait pas reçu de réponse, car le brigadier, lui, prenait sa démonstration très au sérieux. Il était précis, pédagogue et enthousiaste. Au bout de quarante-cinq minutes d'un cours intensif, Hob devait donc savoir se repérer dans Lille-Roubaix-Tourcoing, à condition d'être dehors pour recevoir les ondes émises par les satellites. Il en doutait un peu. Le brigadier l'avait bien vu, aussi ils étaient descendus dans la cour principale de la PJ, et là, sous ses yeux un peu ébahis, Hob avait bien dû constater que l'espèce d'ardoise magique, qu'il tenait dans sa main, indiquait par une belle croix, sa position précise sur la carte détaillée de Lille, en donnant, en plus, la latitude et la longitude. Le machin permettait, enfin, de préparer des trajets et de les décrire en direct à voix haute – il avait choisi une voix féminine – qu'il soit à pied ou en voiture.

- Pas moyen de vous perdre, commissaire ! Pensez simplement à mettre votre PDA sur son berceau de recharge, chaque fois que possible.

Il avait empoché le truc sans trop y croire, car cela manquait quand même de simplicité, et l'avait oublié. Maintenant, après son repas, il voulait en avoir le cœur net, aussi devant un espresso, il avait sorti sa machine et programmé son retour de la rue Faidherbe vers son hôtel : rien de bien compliqué, il ne risquait rien sur un tel parcours, de 667 mètres précisément ! Dixit la technologie moderne. (Ça plairait sûrement au Chef, cette précision !). Puis, muni de son PDA dans la main gauche, il partit dans la nuit froide. Un œil sur la machine, l'oreille aux aguets, il rentra d'un bon pas vers son hôtel, sans s'égarer, mais en étonnant plus d'un piéton.

Il était convaincu, le commissaire, de l'utilité de ce nouveau bidule, au moins pour ses pérégrinations pédestres . Restait à l'expérimenter en voiture, mais il avait un chauffeur, donc aucun souci.

Une fois allongé sur son lit, regardant distraitement la télé anglaise, après une bonne douche, il rêvassait. Il n'avait même pas ouvert *Madame Bovary.* Cette histoire de sachets tout prêts de la mafia chinoise le turlupinait tout autant que l'identité des cinq cadavres des étangs de la Dombes. Dans ce dernier cas, il n'avait pas toutes les données sous la main et avait bien compris que le Chef voulait qu'il suive cette fin d'enquête de près. Avec lui, on n'en menait pas une mais deux de front, au minimum ! Il faudrait donc que Hob, dès demain matin, passe plusieurs coups de fils et se plonge dans l'Intranet de la PJ parisienne pour avoir des détails.

L'informatique, il s'y était mis récemment, non par goût, ni par nécessité, mais parce qu'il avait eu l'occasion d'apprécier les services qu'elle pouvait rendre. Cela dit, il ne se promenait pas avec un ordinateur portable, comme certains de ses collègues qui considéraient comme un privilège de rang le fait de charrier trois kilos toute la journée sur leur épaule.

Cela lui fit penser qu'il devrait appeler tout de suite le policier de garde de nuit chez Jab, boulevard de la Liberté. On lui répondit aussitôt - bon point, ça, personne ne dormait là-bas – et il demanda qu'on lui fasse une recherche sur le Net. Oui, il lirait le tout dès son arrivée au bureau, demain matin. Il lui fallait des informations sur la nourriture lyophilisée, déshydratée, sous vide, en sachets. À l'autre bout du fil, le jeune - un stagiaire, sans doute - qui nota ses requêtes, ne fit aucun commentaire et pensa même à lui souhaiter “ bonne nuit ”. Il fut agréablement surpris, car, à ses yeux, les bonnes manières se faisaient rares.

Sur BBC2, le magazine d'informations quotidien, *Newsnight,* diffusait un effrayant reportage sur les bombes “sales”. Pourquoi donc se fatiguer à préparer clandestinement de telles armes, alors qu'avec la nourriture, on pouvait empoisonner, simplement et rapidement, des millions de personnes ! Était-ce le but des petits Chinois ? Ne pouvait-on pas faire encore plus simple avec quelques virus bien choisis ? C'était l'avis du chercheur du labo P4 de Lyon[4] qu'il avait rencontré au début de son enquête sur les " morts de la Dombes ". Sa théorie, qui avait fait rigoler tout le monde à la PJ - sauf le Chef et lui-même - c'est qu'un Ètat avait fabriqué une " belle saloperie " transmissible par les volatiles de tout genre, domestiqués ou migrateurs. Si c'était vrai, c'était encore plus paniquant que les bombes sales. Mais Hob voyait un lien entre les Chinois et les virus que portaient les oiseaux. On mangeait pas mal d'animaux volants un peu partout. Le chercheur avait assimilé la maladie des volatiles à une grippe, qui se transmettait très rapidement entre les oiseaux et ensuite aux humains. On pouvait aussi, et Hob en frémit, vendre des portions de volaille contaminée, dans des pochettes venues d'Orient ou d'ailleurs. Tout ça faisait très roman d'espionnage à la James Bond, avec les Jaunes fourbes – comme autrefois Fu Manchu[5] – qui voulaient s'emparer de la planète en éliminant les Blancs !

Il s'endormit sur cette pensée et fit, bien sûr, des cauchemars. Il se réveilla plusieurs fois en sueur, enleva son pyjama, se rendormit pour émerger de nouveau, pris d'une quinte de toux qui lui arracha la poitrine.

Réveillé définitivement, malgré l'heure matinale, il s'habilla et descendit dans la salle à manger de son hôtel familial. À 6 heures, il n'y avait encore personne. Aussi, il chercha, dans le froid, un bistrot dans la rue de Paris. Il trouva, à la fois, son bonheur, un espresso de qualité et des croissants chauds. Accoudé au zinc, il lut, comme ses voisins, *La Voix du Nord*.

Une fois sur le terrain, en " province ", il ne manquait jamais de s'informer de l'air du temps local via la presse locale. Là, battait le pouls de la France profonde, si différente de la France parisienne.

En page 4, son œil s'arrêta au titre du localier de Tourcoing : *Fermeture du restaurant asiatique " Lune de Printemps " par les autorités sanitaires.* Il lut en détail et trouva la coïncidence curieuse. Jab aurait-il déjà lancé ses troupes sur certains établissements ? C'était bizarre, car il n'avait pas dit que les produits de la contrebande chinoise atterrissaient chez des Asiatiques, au contraire, ils étaient bel et bien achetés par des Européens pour des restaurants que l'on aurait qualifiés " bien de chez nous ". Rien à voir avec certains établissements tenus par des Jaunes où on vous servait une cuisine dont vous décidiez, vous-même, l'origine ! Le *nem* y est alors le frère jumeau du rouleau de printemps, et tous les potages sont pékinois en y rajoutant suffisamment de purée de piment de Cayenne ! Quant à la propreté des cuisines, c'est une autre histoire !

Il prit un troisième espresso et alluma son portable. Comme il s'y attendait, un message du Chef était arrivé. C'était à croire que ce diable d'homme ne dormait jamais ! Il fallait que Hob reprenne contact dare-dare avec le Professeur Carlo Levi, le chercheur du labo P4 de Lyon, la " grippe des oiseaux " pouvait être une piste des plus sérieuses.

Il était près de 8 heures quand il arriva, à pied, à la PJ, boulevard de la Liberté. Le vent du nord, froid mais sec, l'avait aidé à se réveiller définitivement. Hob n'était pas du genre à faire du sport, mais il ne renâclait jamais, lui, devant la marche à pied. Et jusqu'à présent sans GPS ! Cette pensée le fit sourire alors que, sur son parcours, les rues s'emplissaient de voitures.

- Hob ! Vous tombez à pic, j'allais vous appeler ! lança Jab quand le commissaire parisien arriva à son bureau. Pas la peine de poser votre pardessus, on repart tout de suite. Je sais, vous vouliez voir vos documents, ils sont là, mon adjoint

Jenlain a tout pris.

Le commissaire parisien ne posa pas de questions et suivit les deux hommes qui s'engouffrèrent dans un break Renault blanc.

Une fois installés à l'intérieur, alors que le chauffeur entamait un slalom dans les embouteillages matinaux, toute sirène hurlante, Hob demanda en criant pour couvrir l'assommant pin-pon :

- Quel est le programme ?

Pour répondre, Jab dut faire de même, et un brusque virage le fit s'écrouler sur Hob :

- Sur l'autoroute Lille–Paris, pas loin d'ici ! Un bel accident, un beau morceau de chance, comme disent les Anglo-saxons ! Un camion qui s'est renversé sur le bas-côté : le chauffeur s'est endormi au volant, rien de grave, quelques bosses et égratignures. Sa marchandise, elle, s'est répandue sur la chaussée et nous intéresse au plus haut point…

- Ne me dites pas ! Les fameux petits sachets chinois ?

- Exact ! Bien, Hob, vous au moins vous ne mettez pas des heures pour vous réveiller le matin.

Vu la direction de son regard, cette remarque s'adressait à l'adjoint, qui, sur le siège avant, verdissait de minute en minute : la conduite sportive lui était néfaste, surtout après le petit-déjeuner.

- On va pouvoir s'en donner à cœur joie dans nos analyses car il y a, au bas mot, quinze tonnes !

- Mazette ! lâcha Hob.

Une petite pluie fine s'était mise à tomber, ce qui ne semblait pas du tout gêner le policier conducteur, qui devait faire des rallyes pendant ses heures de repos. Comme si on pouvait appeler cela du repos !

À peine vingt minutes plus tard, ils étaient sur les lieux de l'accident. Inutile de vous en faire la description, je suppose que vous avez déjà vu ce genre de spectacle. Il est bon de savoir qu'avant d'arriver, et malgré les zigzags violents de la voiture et les hurlements de la sirène, Jab a remis à Hob et la liste des restaurants à visiter pour la semaine et les noms de ses collègues sur le dossier. On y reviendra plus tard.

Quelques mots cependant sur la cargaison du semi-remorque éventré : des dizaines de cartons s'étaient vomis sur la chaussée. Ils ne portaient aucun nom, aucune marque d'origine. Leur contenu, des milliers de sachets plastiques, sous vide, gisaient sur le sol trempé. Mais eux étaient étiquetés, dans un excellent français, comme le constatèrent les trois policiers, à genoux : *bécasse à la passe*, *perdrix aux choux*, *civet de marcassin*, *chevreuil grand veneur*, *carpe de la Dombes farcie*, *suprême de volaille*. On pourrait continuer ainsi pendant des heures. D'ailleurs, c'est inutile puisque deux hommes de Jab en faisaient déjà un relevé sommaire qui nous sera communiqué sous peu, le complet sera pour plus tard, quand des échantillons de tous les cartons seront analysés au laboratoire de la police scientifique.

Hob se relèva et passa une main dans ses cheveux humides. Jab, lui, en homme du Nord habitué au climat local, portait un de ces galurins informes que les pêcheurs du dimanche affectionnent tout particulièrement.

- Qu'en pensez-vous, Hob ? demanda le descendant de Polonais.

- Il faudra voir les papiers du chargement, mais l'absence de toute indication est, bien sûr, des plus suspectes. Quant aux plats en sachet, ils correspondent tout à fait à vos descriptions. Je suis prêt à parier que le camion était en route pour une banlieue parisienne discrète, du genre où les hangars n'attirent pas l'attention pas plus que les camionnettes de livraison. Quinze tonnes ne s'écoulent pas facilement même sur votre région, mais sur le Grand Paris, aucun problème.

- Je vais donner des ordres pour que le chargement soit à la disposition de son propriétaire – même fictif – dans un de nos entrepôts, nous verrons d'abord si quelqu'un vient récupérer cette marchandise. Entre-temps, nous aurons placé quelques puces électroniques dans les sachets, et nous pourrons ainsi les suivre à la trace. Vous connaissez, commissaire, les merveilles du GPS ?

Hob hocha la tête et se demanda pourquoi la police lilloise s'était entichée de ce machin. En moins de douze heures, on venait de le bassiner deux fois avec ce truc ! Cependant, il ne dit rien, pas plus qu'il ne pipa mot sur la Dombes ! La coïncidence ne manquait pas de sel, si l'on pouvait dire dans une affaire d'agroalimentaire.

Il reprit la parole en montant dans le break blanc :

- Bonne idée, de toute façon on n'a rien à perdre en agissant ainsi. Par contre, mon flair me dit que personne ne mordra à l'hameçon. Trop risqué. Vous voyez, Jab, si c'est un camion des Triades – un parmi tant d'autres – elles vont le compter dans la colonne " pertes et profits ". Qui sait ? Si elles ont organisé la mort des deux bouilleurs de cru, pourquoi n'auraient-elles pas " créé " cet accident pour nous mener sur une fausse piste ? Je reste ouvert à toutes les possibilités.

- Je vous suis, Hob, mais je maintiens mon analyse. Nous verrons bien. Ah ! Je vois que vous souhaitez consulter vos documents, allez-y, je vais faire de même.

L'as du volant de la police lilloise s'était calmé, et le retour fut plus long, mais moins secoué, ce qui, pour la lecture en voiture, est fort utile. Surtout sans sirène hurlante.

Hob apprit ainsi qu'il déjeunerait, dans quelques heures, *Au Dormeur du Val* dans le Vieux Lille – un clin d'œil sans doute à l'un des enfants du pays, Arthur Rimbaud, né non loin de là, à Charleville-Mézières. Il avait entendu et lu des merveilles sur ce quartier et avait hâte d'en faire vraiment connaissance, car la veille, en allant à *L'Huîtrière*, il n'avait pas vu grand-chose.

D'après celui qui avait préparé le dossier, au *Dormeur du*

Val, on tirait sur les prix, mais pas trop sur les clients. Servir de la daurade royale grillée à 10 euros pièce, fallait vraiment les essorer, les prix ! Tout comme la gibelotte de lapin au genièvre qui était vendue 5,5 euros ! Et d'après le menu, tous les prix étaient plus qu'alléchants. Ce qui avait mis la puce à l'oreille à l'équipe de Jab.

Pour le repas du soir on lui proposait, rien n'était imposé, le *Kaboul Ki Rhoul* – l'humour des gargotiers était incommensurable, pour reprendre l'expression d'un vieux copain de Hob. Il faut dire que son pote écrivait depuis bientôt vingt ans, le soir à la veillée, une histoire de la connerie humaine. Vaste programme, pas étonnant qu'il en soit au volume 23 et loin d'avoir fini. Mais on digresse, revenons à nos restos. Donc c'était, d'après la pub, un de ces nouveaux restos ethniques qui jouaient sur l'actualité, la mauvaise conscience, le snobisme et l'exotisme. Que pouvait-on bien déguster à Kaboul, à part du mouton sous toutes ces formes ? Il n'allait pas tarder à le savoir.

Jab avait prévu, s'il souhaitait ne pas dîner seul, encore une fois, de le faire accompagner par la brigadière-chef, Émilie Défêt. Le commissaire lillois, très bien informé sur son collègue parisien, savait que celui-ci adorait papoter boulot en partageant un bon repas.

Hob ne donna pas suite à cette proposition, il voulait d'abord faire son tour des popotes – c'était fou ce que la langue française comportait comme expressions se rapportant à la bouffe – tout seul. Il serait toujours temps de le faire à deux ou à plusieurs. Est-ce que le Chef se doutait qu'il avait envoyé son âme damnée sur une mission qui risquait de lui faire prendre plusieurs kilos ? C'était vraisemblable, car le Chef savait tout, devinait tout. Et ce qu'il ne savait pas, ce foutu bonhomme l'inventait, ce qui n'arrangeait pas toujours le résultat des enquêtes, mais cela est une autre histoire, dont nous reparlerons, éventuellement, plus tard.

- Je vous dépose boulevard de la Liberté ou vous partez tout de suite en chasse ? demanda le Lillois.

- Vous me laissez près de la gare Lille-Flandres, de là, je vais me repérer. Et puis, maintenant, je ne risque plus de me perdre, avec ça !

Il exhiba le PDA qu'on lui avait remis la veille.

- Bien, très bien, je vois que Johannes a fait son boulot ! Vous verrez, Hob, c'est fantastique ce machin-là. Comment a-t-on fait pour vivre sans, je me le demande ?

Hob, lui, ne se posait pas la question, ayant fort bien vécu jusque-là sans, tout comme sans téléphone portable. Et ce n'était que très récemment qu'il avait cédé aux charmes d'un four à micro-ondes. Le commissaire parisien, voyez-vous, ce n'est pas un adepte du gadget ni de la nouveauté. Il n'est pas passéiste, mais il ne voit pas toujours l'intérêt de foncer tête baissée dans les dernières nouveautés vantées par les messages publicitaires. Il vit un peu en marge de la société qu'il étudie comme un entomologiste, plus qu'en anthropologue, bien qu'il apprécie Claude Lévi-Strauss.

Juste avant d'arriver à la gare, il eut le temps d'apercevoir dans son dossier, un gros paquet de pages imprimées, concernant son sujet de requête sur le Net. Il aurait de la lecture pour son déjeuner.

Il n'avait pas d'inquiétude particulière vis-à-vis des repas qu'il devrait prendre dans certains établissements qualifiés de “ suspects ” dans le cadre de son enquête, mais, au fond de lui-même, il n'avait pas très envie de manger n'importe quoi, importé de lointaines provinces chinoises et dont l'origine était peut-être plus que douteuse. Il lui revenait de sombres histoires en mémoire : l'huile de voiture frelatée, espagnole, transformée en huile d'olive, ou le fameux *chianti* fabriqué en Italie avec de vieux pneus. Il savait bien que l'on avait toujours trafiqué la nourriture, mais ces derniers temps, on mettait vraiment les bouchées doubles. Ah, celle-là aurait bien plu au Chef ! Qui d'ailleurs devait se diriger, à cette heure-ci, vers son troquet favori pour son apéro et son 421.

- Nous y sommes, Hob ! Bon appétit et à plus tard. On se revoit vers 15 h au bureau ? lança avec son allégresse habituelle, Jab.

- Bien sûr. À tout à l'heure.

- Ah ! Juste un dernier point, êtes-vous armé ? J'ai vu que vous n'aviez pas signé le formulaire de l'armurerie.

Le commissaire parisien hésita puis refusa de se lancer dans une longue explication.

- Non, je n'en porte jamais si cela est possible.

Hob salua et descendit de voiture en haut de la rue Faidherbe, face à la gare Lille-Flandres.

La question de Jablonski le chagrinait un peu : était-ce une façon élégante de lui signifier que l'enquête serait dangereuse ? Dans ce cas, il aurait préféré qu'on lui annonce directement. Ce que Jab savait sûrement faire. À moins que les événements ne se soient précipités et que le Lillois ne lui ait pas encore tout dit. Vieux routier de la Grande Maison, il savait garder ses cartes près de la poitrine, pour abattre son jeu quand il le fallait. C'était de bonne guerre et Hob pratiquait, lui aussi, ce sport, depuis longtemps. Avec le Chef, c'était même une nécessité vitale !

Une arme ? Grands dieux ! Cela lui trottait dans la tête maintenant, alors qu'il aurait dû se concentrer sur la conversation qu'il devrait avoir, dans quelques minutes, avec Carlo Lévi. Chaque année, il s'appliquait à rater soigneusement les exercices de tirs obligatoires. Au lieu de viser dans les jambes des silhouettes cartonnées, il faisait des trous dans le cœur et la tête de celles-ci, ce qui lui valait des engueulades, ce dont il se moquait éperdument tant qu'on ne l'obligeait pas à porter un flingue.

Arrivé place du Général-de-Gaulle, il remarqua un attroupement : une bonne vingtaine de personnes regardaient un cracheur de feu, habillé d'une peau de faux léopard malgré le froid. Cela lui fit un petit pincement au cœur, car cela lui rappela son père qui avait fait ce même métier toute sa vie. En allant éponger sa soif dans tous les cafés des alentours. Ce que la mère de Hob n'appréciait pas, bien entendu. Elle, la belle Grecque de Smyrne, avait suivi le beau cracheur de feu rencontré lors d'une tournée. Hob était le seul fruit de cette union passionnée qui n'avait duré, semblait-il, que le temps d'un bel été dans les Corbières.

Il n'était pas du genre sentimental, le commissaire, et la nostalgie ne l'emportait jamais bien loin. Cela ne servait à rien de revenir sur le passé, car on ne pouvait le changer, valait mieux opérer dans le présent pour mieux peser sur le futur.

Hob se fraya un chemin dans la petite foule et chercha un endroit un peu moins bruyant pour appeler le Professeur du Labo P4 de Lyon, Carlo Lévi. Ce nom lui rappelait quelque chose, mais il n'arrivait pas à retrouver quoi. L'âge sans doute ! En tout cas pas Alzheimer, cela il en était sûr.

Pour une fois, le portable lui semblait utile : d'abord parce qu'il n'avait pas à chercher ni à se souvenir du numéro de téléphone du spécialiste, ensuite parce qu'il n'avait pas besoin de trouver un téléphone public, plus ou moins déglingué, pour appeler.

Son interlocuteur semblait guetter son appel car il répondit aussitôt :

- Ah, Hibzbozzeit ! Ravi de vous entendre, jeune homme !

Le commissaire avait perdu, depuis longtemps, l'habitude de corriger tous ceux qui écorchaient son nom, quant au " jeune homme ", cela ne manquait pas de sel, de la part de quelqu'un, qui, au mieux, avait à peine dix ans de plus que lui !

- Professeur, le Chef m'a dit que vous aviez du nouveau ...

- Et comment, jeune homme ! Pour du nouveau, c'est du

nouveau, c'est même tellement nouveau que cela porte désormais mon nom ! Vous vous rendez compte ?

Valait mieux pas se lancer dans la discussion, sinon Hob serait encore pendu au téléphone dans deux heures.

- Professeur, expliquez-moi !

- Jeune homme, j'ai découvert un nouveau virus ! J'avais raison ! Les oiseaux ont la grippe et ils la passent aux humains. J'en ai la preuve, car les cinq macchabées des étangs de la Dombes en sont morts ! Je le sais, j'ai fait tous les tests moi-même, et mon collaborateur Don Carlo les a refaits. Ensuite, votre collègue de la médecine légale de Lyon, Alexandre Laccassagne, a tout vérifié. Il est d'accord.

- Et comment se nomme votre virus, Professeur ? De votre nom ?

- Ah sûrement pas ! Il porte une série de chiffres et de lettres, mais dans notre communauté scientifique, tout le monde sait bien que c'est moi qui l'ai découvert ! Il se nomme, écoutez bien car vous allez en entendre parler, le H6N2.

- Mais, Professeur, pourquoi va-t-on en entendre parler ?

- Jeune homme, vous êtes inconscient ou quoi ? La grippe des oiseaux, c'est contagieux pour l'homme, je vous l'ai dit, c'est un fléau mortel, à côté duquel la grippe espagnole et la petite vérole sont de la bibine ! Vous m'entendez ? De la bibine ! Mon virus est bien plus dévastateur !

- Je vous entends, Professeur ! Je vous entends !

Il aurait été difficile qu'il en fût autrement, car, à l'autre bout de cette technologie pourtant hautement sophistiquée, le scientifique hurlait à pleins poumons.

- Dites-moi, Professeur, avez-vous prévenu les autorités ?

Avec Carlo Lévi, valait mieux tout prévoir, il le savait maintenant depuis quelques années !

- Vous me prenez pour qui gamin ? brailla l'éminent savant, qui raccrocha brutalement.

Dire qu'il avait faim, le commissaire, c'était s'avancer beaucoup. Après une telle nouvelle, plus la possible menace de nourriture frelatée venue d'Extrême-Orient, il y avait de quoi vous couper l'appétit.

CHAPITRE 4.
D'un seul coup, Hob se souvint de Verhaeghe

D'un seul coup, Hob se souvint de Verhaeghe. Cela lui arrivait parfois, comme ça, sans prévenir une idée lui traversait la tête.

Il s'arrêta de nouveau, cette fois-ci sous le porche d'une maison ancienne, pour appeler le vieux beau de l'École de journalisme. Celui-ci répondit aussitôt. Qu'avaient-ils donc tous, ce matin, à guetter ses appels téléphoniques ?

- Monsieur Verhaeghe, connaissez-vous le restaurant lillois *le Dormeur du Val* ?

Parfois, Hob ne faisait pas dans la politesse ni dans le détail, sans doute une déformation professionnelle, héritée du Chef.

- Ah ! Je vois, commissaire, que vous êtes sérieusement au travail, et cela me ravit.

Alors ça, Hob s'en tamponnait consciencieusement le coquillard que cela ravisse ou pas la gravure de mode ! Il voulait des infos, car l'autre s'était vanté d'en donner. C'était donc le moment de livrer la marchandise.

- Un endroit intéressant, ce *Dormeur du Val*, des menus savoureux à des tarifs imbattables. Tout Lille se demande comment fait le patron, un certain Pascal Fettuccini, pour offrir de tels plats à si bas prix. Certains disent qu'il sert du chat et du rat ! Des mauvaises langues, bien sûr ! D'ailleurs, je vous recommande la sienne, il fait une langue de veau sauce piquante qui vaut le déplacement. À part cela, rien de suspect sur lui, un bosseur, venu s'établir ici il y a deux ans, un gars de Nice, me dit-on. Sa réussite spectaculaire a fait des jaloux, bien sûr. En tout cas, très réglo avec tout le monde et payant ses fournisseurs rubis sur l'ongle, ce qui est fort apprécié, comme vous vous en doutez. Car, dans la profession, cela se fait rare.

- Merci, Monsieur Verhaeghe et bon appétit !

- Vous aussi ! À bientôt !

Avec le brouhaha de la rue, Hob n'était pas sûr, mais il aurait juré que l'autre s'était marré en disant cela, à l'autre bout du fil. Pas de doute, le courant ne passait vraiment pas entre eux deux, ce dont le commissaire ne semblait pas chagrin, car il avait d'autres casseroles de lait sur le feu.

Il chemina en traînant un peu les pieds, il faut le dire. Je l'observe depuis bien longtemps et je dois avouer que lui, d'ordinaire au pas si vif quand il s'agit de se rendre dans un restaurant, là il ne fait pas de pointe de vitesse. Il lèche les vitrines, hume l'air, vadrouille comme un touriste de base qu'il n'est pas supposé être. Je vous rappelle - et peut-être devrais-je aussi lui dire – qu'il est en service commandé. C'est d'ailleurs, peut-être cela qui le chiffonne, pour lui, déjeuner ou dîner doivent être des plaisirs, pas des ordres. Et là, ma foi, ce sont bien des instructions : il doit goûter à des plats non pour le bénéfice de ses papilles, mais pour découvrir ce qu'il peut y avoir de suspect au *Dormeur du Val*.

D'autant qu'avec les nouvelles du matin, on l'a vu, ça peut vous couper l'appétit.

Hob est planté devant la boutique d'un pseudo antiquaire, plutôt un dépôt-vente, il regarde une collection de vases chinois qui, il le sait car il est amateur, ne sont que de pâles copies d'originaux qui valent des fortunes. Pas pour lui donc. De nouveau, une idée lui traverse la tête. Il se saisit de son portable et appelle Jenlain, l'adjoint de Jab. L'autre répondit au bout de la dixième sonnerie, car Hob compte toujours les sonneries. Vieille habitude. C'est quand même mieux que de se mettre les doigts dans le nez, surtout en public.

- Jenlain, c'est Hob. Hobzbizzeit, le commissaire parisien, voilà ça y est, vous me remettez?

L'autre se confond en excuses.

- Que puis-je pour vous, commissaire ?

- Renseignez-vous et rappelez-moi sur mon portable dès que vous avez l'info : je veux savoir si, à Loos-les-Lille, se trouvaient des prisonniers jaunes quand les deux bouilleurs de cru ont été pendus.

- Des jeunes ?

- Non, des jaunes, des Asiatiques, des gens d'Extrême-Orient, avec des yeux bridés, vous voyez ? Comme dans les restaurants chinois !

- Ah, des Chinetoques ! Bon, je me renseigne. À plus, commissaire !

Hob haussa les sourcils et se demanda brièvement si l'adjoint de Jab était naturellement demeuré ou s'il se forçait. Après tout, la Grande Maison était généreuse et recueillait, sous son toit, quantité de gens dont la société ne voulait pas.

Il reprit son chemin et fut bientôt en vue du *Dormeur du Val*. Ce qui le tracassait, c'était sa conversation avec Carlo Lévi. Le savant en avait plein la bouche de sa découverte, mais au sens où il devenait internationalement célèbre. Les conséquences directes ne semblaient pas trop le tracasser. Certes, il considérait que ce virus était mortellement dangereux pour l'humanité, mais sans plus. En admettant qu'il eût bien prévenu les autorités, que pourraient-elles faire si cet éminent cerveau avait vu juste ? Vacciner tous les volatiles domestiques ou sauvages était impossible. Leur interdire de voler aussi, quant à tous les éliminer, il ne fallait même pas y penser. Le Chef avait donc eu raison, cela se corsait dans l'affaire des morts de la Dombes.

Hob savait bien que la partie sanitaire ne relevait pas de lui, cela ne l'empêchait pas de se poser des questions. Lui, maintenant, son boulot consistait - depuis Lille, ce qui n'arrangeait rien - à trouver pourquoi les cinq bipèdes étaient passés de vie à trépas dans les étangs. Il serait bon aussi qu'il sache ce qu'ils venaient faire là.

Le commissaire parisien ne semblait pas croire qu'ils soient tous venus, seuls, à la chasse au canard ou à la passe à la bécassine ; surtout les handicapés physiques. Il devait y avoir une autre raison, et c'était ce qu'il devait trouver. Vite, très vite même !

À 13 h 12, Hob se retrouva attablé près de la porte des toilettes du *Dormeur du Val*. Il en avait pris son parti et ne râlait plus. Les restaurateurs et autres bistrotiers ne manquaient jamais de coller les clients esseulés dans les endroits les plus inconfortables de leurs établissements : près des toilettes, près des cuisines, près de la porte d'entrée. Le restaurant n'était pas déplaisant, on remarquait une recherche certaine dans le décor : reproductions de photos anciennes prises par le poète – c'était, du moins, l'impression que les clients devaient avoir. Le commissaire fait partie de cette génération pour qui le décor est presque aussi important que ce qu'il y a dans l'assiette, c'est bien pourquoi il préfère le *Michelin* au *Gault et Millaut*.

Bon, Hob est là pour la carte, alors il se met au boulot. Il a sorti l'un de ses petits carnets à reliure et prend des notes avec son Mont-Blanc. Vous me direz que ce n'est pas malin et quasiment inutile puisque les menus sont déjà dans les mains de la PJ et de Jab. Exact, mais Hob lui a besoin, pour cogiter, de prendre ses propres notes, de palper les menus, de sentir les odeurs et de voir les lieux. Comme Verhaeghe lui a dit plus tôt, la langue de veau à la sauce piquante fait partie des deux plats du jour, l'autre étant la fameuse dorade royale grillée. Comme il a un faible pour le poisson, il commande ce plat qu'il arrosera avec un vin blanc sec du Sud-Ouest qu'il aime particulièrement, le jurançon. L'un faisant passer l'autre, pense-t-il. Il doit surveiller un peu sa ligne et ne prendra donc qu'un plat et un dessert, car le soir il doit se mettre encore dans la peau d'un inspecteur du *Michelin*. C'est bien la première fois de sa vie qu'il entrevoit la fonction gastronomique sous un autre angle : celui du pensum !

L'endroit est plein, la clientèle ne semble pas huppée, plutôt populaire, ce qui lui convient bien au commissaire, car il se sent plus proche de la classe ouvrière que de la haute. L'ambiance est animée, et le service est assuré avec rapidité et bonhomie par des jeunes des deux sexes, sans doute des étudiants.

En attendant d'être servi, entre deux effluves échappées des toilettes - une violette chimique et un grésil agressif pour les sols et pour les narines – il a ouvert le dossier concernant la recherche sur le Net.

Là-dedans, il en découvre des vertes et des pas mûres, le commissaire. Il ne s'en rend pas compte, mais sans doute pour se rassurer, il a sifflé en moins de deux, son verre de Suze. Du coup, il en redemande une autre.

On va vous épargner tous les détails, si chers au Chef, pour nous concentrer sur l'essentiel, ce qui retient tant l'attention de Hob.

La cuisine sous vide est la dernière mode du monde gastronomique. Il n'en revient pas, le commissaire. Lui fait partie de cette génération qui pense que les produits frais font les meilleurs plats. Pas les congelés et encore moins les ingrédients sous vide ! De Londres, à New York, sans oublier Paris, les grands chefs étoilés ne jurent que par cette nouvelle méthode, inventée, qui plus est, par un Français, l'ingénieur agronome Bruno Goussault. Le *New York Times* a consacré un article, pendant l'été, de cinq pages à « l'homme qui a le plus influencé la façon dont les gens font la cuisine depuis Escoffier ».

Bigre ! pense Hob. Cela change tout, alors. Surtout nos

conclusions sur les petits sachets de la mafia chinoise. Et si Jab a dit que c'était bon, il lui fait confiance. C'est maintenant à son tour de tester, car la dorade grillée est dans son assiette, fumante et parfumée. Son coup de fourchette n'est guère assuré, mais dès la première bouchée, il ne regrette rien, c'est parfait. D'accord, se dit-il, on ne peut juger sur un seul plat, mais autour de lui, personne ne semble se plaindre. Au contraire, ils en redemandent, et le deuxième service a l'air de faire partie des mœurs de la maison. Quant au jurançon, il est excellent et frais à souhait. Son serveur, un petit jeune d'à peine vingt ans, est sympa et lui propose encore quelques chicons braisés. Hob ne refuse pas. Maintenant, il mange de bon cœur, bien qu'il soit sérieusement perturbé par ce qu'il a lu et continue de découvrir dans le dossier : la cuisson sous vide pour des industriels de l'agroalimentaire et des chaînes de restauration. Elle permet de rendre savoureux des morceaux de viande bon marché parce que coriaces. Comme le mijotage façon grands-mères, mais à une température parfaitement contrôlée et de façon plus rapide. Ensuite, le plat peut être facilement réchauffé dans l'eau, tout en gardant sa saveur, protégé par l'enveloppe en plastique qui le maintient sous vide.

Comme les sachets des petits Chinois, trouvés le matin même, se dit Hob.

À cet instant précis, il est très partagé, le commissaire, car il a fait un très bon repas avec sa daurade en sachet ou pas, et il pense à tous les autres succulents dîners et déjeuners qu'il a pu faire récemment et qui devaient être aussi sous vide !

Il comprenait mieux maintenant la réforme du CAP de cuisinier dans notre beau pays : inutile de se casser la tête à apprendre à désosser une viande, à découper une volaille, à lever un filet de poisson. Tout arrive prêt dans les fameux petits sachets. Il suffit d'assembler la viande ou le poisson avec les sauces et les légumes. Acheté en grande quantité, chaque plat peut être revendu à un prix des plus attrayants aux clients qui pensent déguster du filet de bœuf et bouffent en fait des bas morceaux.

En ce qui concernait le *Dormeur du Val*, il n'y avait rien à redire. Sa salade de fruits – un test classique des critiques gastronomiques – était excellente, fraîche, pas de la conserve, pas trop sucrée. Et la cerise sur le gâteau - si l'on ose dire - l'espresso était parfait.

Alors sous vide ou pas, chinoise ou française, la cuisine du lieu était tout à fait honorable et l'addition plus que décente, car le jurançon comptait pour la moitié. Ce n'était pas ici qu'il fallait chercher un quelconque trafic, conclut Hob. Il aurait bien voulu rencontrer le patron et bavarder avec lui, quelques instants, mais c'était le coup de feu et le chef devait turbiner sur ses pianos, sachets ou pas. Le commissaire reviendrait, à un autre moment, quand tout serait tranquille, et demanderait à voir les cuisines. Tous les chefs adoraient cela, sauf ceux qui avaient quelque chose à cacher.

À peine franchi le seuil du restaurant, vers 14 h 30, Hob reçut un appel sur son portable. C'était Jenlain. Non, il n'y avait aucun Jône à la prison le jour où les trafiquants de bistouille s'étaient pendus. Le commissaire le remercia et reprit sa route vers la PJ. Il n'avait pas oublié son rendez-vous à 15 h avec Jablonski. Il aurait de quoi lui raconter.

Le soleil avait percé les nuages, et il apprécia sa promenade – car il ne se pressait pas – vers le QG de la police. Hob hésitait encore à mettre le Lillois au courant de cette affaire de virus des oiseaux. A priori, il n'y avait aucune relation entre les deux enquêtes, mais elles risquaient fort de se télescoper rapidement dès que les media mettraient leur nez dedans.

Les indics ne travaillaient pas que pour la police, certains membres de la Grande Maison ne savaient guère résister aux charmes de la télévision, et ils parlaient trop. Que n'auraient-ils pas fait pour passer sur les étranges lucarnes à l'heure du repas familial ? Car de nos jours, on n'existait qu'à une seule condition : être vu à la télé. Si votre famille, vos chefs, vos voisins, vos amis, vous avaient aperçu sur le petit écran, alors vous grimpiez dans leur estime, au sommet de l'échelle sociale. Adieu travail honnête, diplômes, tardives veillées à s'échiner pour s'instruire ! Quelques minutes à la télé balayaient tout ça, et si, par bonheur, vous étiez invité sur un plateau, à une véritable émission de grande écoute, votre gloire était assurée pour plusieurs années, peut-être même plusieurs générations.

Hob le savait que trop bien, car le plus beau spécimen de gogo à télé qu'il connaissait, c'était son patron ! Oui, le Chef pouvait travailler bien quand il le voulait, mais vous lui montriez l'ombre d'un micro, un soupçon de caméra et il devenait un autre homme. Six mois auparavant, il avait participé à une émission sur la Deux, il répondait - en direct, s'il vous plait et en duplex - au ministre de l'Intérieur. On en parlait encore avec émotion dans les commissariats, même si pour Hob, le Chef n'avait fait que cirer les pompes de son grand patron.

Le Chef était bien capable, malgré sa haine affichée des media, d'aller tout raconter à une des grandes vedettes du journal télévisé, histoire de se faire mousser encore plus.

Hob préféra chasser cette pensée de sa tête et revenir sur les deux pendus de la prison lilloise. Son intuition l'avait bien servi, il avait eu raison : pas de jaunes sur place. Ce qui ne pouvait signifier qu'une chose : planifiée de l'extérieur, cette " pendaison " avait été réalisée, sur place, par des malfrats blancs. La mafia chinoise avait donc lié des alliances avec notre pègre. Ce qui ne pouvait que compliquer l'enquête.

Il arriva à 15 h précises boulevard de la Liberté, mais ne put monter directement voir Jablonski, car un jeune flic s'était précipité sur lui.

- Ah! Monsieur le divisionnaire, je vous attendais. Voilà, j'ai écrit un polar et je voudrais votre avis. Cela vous ennuierait-il de le lire pendant votre séjour ? Vous me feriez un grand honneur, vous verrez c'est une enquête comme vous les aimez.

Le futur Simenon lui avait alors tendu un gros paquet de feuilles A 4, reliées par un dos de plastique.

- Ça s'appelle " La Mort au bout de la fouchette " ! Vous allez adorer!

Un peu embarrassé, Hob avait d'abord bredouillé " non " puis, devant l'insistance du jeunot, avait fini par accepter le tapuscrit pour mieux s'échapper.

Si maintenant on le prenait pour un agent littéraire, il avait du souci à se faire pour l'avenir de la police ! Et le sien en particulier, peut-être qu'il valait mieux qu'il se reconvertisse chez Michelin avant qu'il ne soit trop tard.

Il grimpa quatre à quatre le grand escalier d'honneur et arriva, essoufflé, dans le bureau de Jablonski. C'est, bien sûr, le moment que choisit le Chef pour appeler, mais il refusa l'appel.

Le commissaire lillois lui serra la main chaleureusement, comme s'ils ne s'étaient pas vus depuis dix ans. Il lui fit apporter un vrai espresso, délicieux, et commença à lui raconter sa journée.

Le labo scientifique était au travail sur les sachets trouvés dans le camion renversé. Une liste de tous les plats était établie, et Hob en reçut copie. Le camion appartenait à une entreprise belge et avait chargé à l'aéroport de Schiphol. De ce côté là, tout était en règle.

- Le plus intéressant, insista Jab, c'est que l'expédition a été réglée d'avance, regardez, commissaire.

En effet, sur le fax expédié depuis Louvain, la comptable de l'entreprise de transports avait indiqué toutes les transactions concernant cette commande.

- A-t-on retrouvé le commanditaire ? demanda Hob

- Pas encore, mais cela ne saurait tarder.

Le divisionnaire parisien fit alors part à son collègue lillois de son expérience gastronomique au *Dormeur du Val*.

- Rien de suspect pour vous, alors ? conclut, un peu dépité, Jablonski.

- Pour l'instant, absolument rien. Il faudra que je rencontre le patron et que je fasse un tour en cuisine. Puis vous ferez intervenir l'inspection sanitaire et tout le tremblement.

- D'accord.

Vous avez remarqué que Jab et Hob se vouvoient. Ils ont beau être dans la même maison, être de la même génération et faire le même boulot, ils ne se tutoient pas. Affaire de génération sans doute, et cela arrange bien Hob qui déteste être tutoyé.

Un des nombreux téléphones posés sur le bureau du commissaire lillois se met à sonner d'une façon particulière : un son aigrelet, aigu, dérangeant. Jab lève les yeux au ciel et répond :

- Commissaire divisionnaire Jablonski, j'écoute !

Plusieurs minutes s'écoulent et Hob constate que le visage de son collègue se décompose de seconde en seconde. Quand il raccroche, il est blanc. Il se lève presque chancelant, se dirige vers une armoire métallique, en sort une bouteille de genièvre, en sert deux petits verres sans un mot. D'un geste, il fait signe à Hob d'en prendre un, tandis qu'il vide le sien, cul sec. Puis il se rassied.

Hob a compris qu'il est inutile de le presser de questions. S'il a envie d'en parler, le policier le fera. C'est peut-être, après tout, une affaire très personnelle. Aussi, il sirote son genièvre qui, à son grand regret, n'est pas assez frais.

- Hob, interroge Jab, d'une voix mal assurée, vous connaissez les Tueurs fous du Brabant ?[6]

- Très vague souvenir.

Et pour cause, à cette époque, le commissaire n'était encore qu'inspecteur – un grade disparu depuis longtemps – et n'habitait pas en France, mais ceci est une autre histoire que nous verrons, peut-être, plus tard.

- Alors je vous fais un bref topo, dit le Lillois, en se resservant un petit verre. Entre 1982 et 1985, une bande de malfaiteurs, toujours pas identifiés à l'heure actuelle, a semé la mort et la terreur en Belgique. Ils ont laissé derrière eux vingt-huit morts – dont un enfant - et plusieurs dizaines de blessés lors d'attaques de supermarchés, d'auberges, d'armureries et de bijouteries. Les butins n'étaient jamais élevés. C'est devenu une véritable énigme judiciaire.

Il semblait très affecté, le commissaire lillois, comme si tout cela était une affaire personnelle. Hob pensa qu'un de ses proches avait peut-être péri dans une de ces folles attaques.

- Comme vous le savez, cher collègue, normalement, les crimes de sang sont prescrits après vingt années en Belgique. Les tueurs auraient donc déjà pu bénéficier de la prescription pour leurs premiers méfaits. Heureusement, le législateur belge a eu l'excellente idée de porter le délais de prescription à trente ans. Il reste donc moins de dix ans aux enquêteurs pour mettre la main sur les tueurs.

Hob ne voyait pas encore où il voulait en venir, mais se doutait bien que, si le Lillois se lançait dans cette longue explication historique, il y avait une bonne raison.

- Or, on vient de m'apprendre qu'une armurerie de la banlieue nord de Lille a été attaquée, il y a moins d'une heure maintenant, suivant le scénario des Tueurs fous du Brabant. Un braquage assez minable, semble-t-il, mais deux morts, le propriétaire et un passant. Le quartier est en émoi, et je n'avais vraiment pas besoin de cela sur les bretelles. Vous ne vous souvenez pas des Tueurs, mais ici cela a une certaine résonance, pour ne pas dire une résonance certaine.

Et Jab resta de longues minutes les yeux fixés dans le vide. Hob ne rompit pas ce silence.

- Je vous comprends, c'est une sale affaire. Cependant, si j'analyse cela de l'extérieur, je ne vois pas beaucoup de sens dans cette attaque. Pourquoi diable les Tueurs fous resurgiraient maintenant, alors qu'ils ont eu tout le temps de disparaître ? Des imitateurs ? Possible. Des dingues ? Il y en a de partout et de tout temps ! Que je sache, l'attaque n'était pas signée ?

Jab secoua la tête négativement.

- Bien, alors, cela peut être une malheureuse coïncidence, de toute façon, nos collègues belges vont rappliquer dare-dare et, eux, seront en mesure de confirmer s'il s'agit bien du même gang. Au fait, qu'ont-ils volé dans l'armurerie ?

- D'après les premiers renseignements fournis par les policiers arrivés sur place, il s'agirait de la caisse et de quelques boîtes de cartouches, difficile à dire car le magasin est sens dessus dessous, non seulement ils ont tiré sur le patron, mais aussi un peu partout dans la boutique.

- Et ils se sont enfuis comment ?

- À pied, en tirant en l'air avec des fusils de chasse disent certains témoins, puis ils sont montés dans une camionnette dont on a, pour l'instant, perdu la trace.

Ce fut à Hob de rester silencieux. À son avis, le véhicule serait retrouvé rapidement de l'autre côté de la frontière chez les Belges. Une bande avait décidé de " réanimer " les Tueurs fous pour des raisons précises, mais lesquelles ? Après tout, lui n'était pas en charge de cette sale affaire, il avait déjà assez à faire avec les cadavres de la Dombes et les petits sachets en plastique des Chinois.

- Mon vieux, je vous laisse car vous avez fort à faire, je suis dans mon bureau si vous avez besoin de moi.

Jablonski le laissa partir sans relever la tête.

Une fois dans la pièce qu'on lui avait réservée, Hob s'installa confortablement, non avoir repéré que quelqu'un avait eu la délicatesse d'installer une de ces petites machines à espresso. Il s'en fit un et se plongea dans la montagne de paperasses qui s'était déjà accumulée sur son bureau. L'administration tuait plus d'arbres que la pollution.

Il y avait là l'assortiment traditionnel des formulaires à remplir, des rapports des hommes de Jab, la liste complète des sachets retrouvés dans le camion renversé (c'était donc le deuxième exemplaire qu'on lui remettait puisque Jablonski lui en avait déjà donné un) et deux fax du Chef.

Il l'avait complètement oublié, celui-là ! Il écouta son portable. Le Chef y éructait parce que Hob ne l'avait pas appelé le matin. Il ne restait donc plus qu'une chose à faire, lui téléphoner pour d'abord se faire passer un savon et ensuite écouter ce que le Grand Manitou avait décidé sur la suite à donner aux découvertes de Calvo Lévi. En fait, constata Hob, il a un peu les mêmes rapports avec son chef que Maigret avec ses supérieurs hiérarchiques ou les juges d'instruction.

Vous vous demandez sans doute, pourquoi Hob fait, sans cesse, des références à Maigret. D'abord, il est du coin, Liège n'est pas si loin que cela. Ensuite, il vient de s'acheter un coffret DVD des épisodes du célèbre commissaire, interprété par Jean Richard. Cela l'amuse cette vision plutôt démodée de la PJ parisienne. Il a beau être flic, Hob, c'est un homme cultivé. Il s'est peut-être offert Maigret, mais il a, le même jour, choisi un coffret de DVD sur le cinéma kirghiz. Je parie que vous ne saviez même pas que cela existait !

Comme prévu, Hob se fait engueuler, les motifs ne sont pas clairs, mais il en a l'habitude. C'est une sorte de préface à toute conversation avec le Chef. Certains ne s'y font pas et demandent leur mutation. Hob s'en fout, il préfère un mal luné comme le Chef qu'un arriviste louvoyant d'enquêtes en enquêtes pour satisfaire ses ambitions. Il ressort de la deuxième partie de la conversation que le Chef a fait mettre Carlo Levi et son adjoint sous protection policière. Hob n'est pas sûr que cela soit interprété par les deux hommes à sa juste valeur, lui pense plutôt que le Chef se méfie de ces deux chercheurs et préfèret savoir ce qu'ils fricotent. Mais il ne dit rien et écoute la suite.

- Hob ? Vous m'écoutez ?

- Oui, Chef !

- Bon ! Avez-vous repris contact avec le commissaire Duporc de Berg-en-Brousse ?

- Bourg-en-Bresse !

- Quoi Bourenbrez ? Vous vous foutez de ma gueule ou quoi ?

Hob ne répond pas, mais pouffe de rire. Quelqu'un a prononcé devant le Chef cette contrepèterie peu fameuse et l'autre l'a enregistrée à son insu. Hob était sûr qu'il allait l'entendre encore plus d'une fois. Le Chef, parfois, c'était une bande vierge qui ne demandait qu'à être enregistrée.

- Non, Chef, pas encore, maintenant si vous le souhaitez, je peux vous dire où j'en suis dans l'affaire de la bistouille….

- Pas maintenant ! Vous mettrez tout ça dans un mail pour demain matin avec le résultat de votre conversation avec notre collègue bressois…

- Bressan, Chef !

- Bressois, bressan, braisé ! J'en ai rien à cirer ! Au trot tout ça, Hob, on a assez perdu de temps !

Il avait raccroché, de mauvaise foi, comme d'ordinaire, car si du temps avait été perdu, ce n'était pas la faute du commissaire parisien, lequel avait demandé, plusieurs fois, à retourner dans la Dombes. Mais le Chef avait toujours trouvé des enquêtes “ plus intéressantes ”. Maintenant que le lait débordait de la casserole, Hob retrouvait une utilité.

Comme d'habitude quand tout devenait passionnant, tout s'accélérait, et il aurait fallu être partout à la fois. Même avec la meilleure volonté du monde, Hob ne pouvait pas. Une fois de plus, il faudrait qu'il fasse des miracles et jongle avec les enquêtes. Dans le fond, c'était peut-être aussi un peu pour cela qu'il adorait son métier.

CHAPITRE 5.
Hob se plongea dans la paperasserie sans enthousiasme.

Hob se plongea dans la paperasserie sans enthousiasme. C'était certainement l'aspect le moins palpitant de son travail, mais il fallait passer par là. Depuis le temps, il le savait bien.

Il sentit une lourdeur du côté gauche dans son veston et se souvint qu'il trimballait le fameux PDA/GPS/machin/truc – qui ne faisait pas le café – et qu'il devait vite le recharger sous peine de perdre une partie des informations déjà enregistrées par Johannes. Il prit donc l'engin - il n'avait encore rien noté sur cet agenda électronique - et le posa délicatement sur sa base, puis regarda pendant quelques instants le jeu multicolore et animé des petites diodes, des affichages et se replongea dans ses papiers et autres formulaires.

Le dossier “ dématérialisé ”, informatique et rapidement transférable, ce n'était pas pour demain ! Non pas qu'il faille accuser la police d'une mauvaise volonté quelconque envers les nouvelles technologies (la preuve, elle était pour les bracelets électroniques, alors que les magistrats étaient contre), mais on pouvait détecter, çà et là, une certaine réticence envers tout ce qui était censé accélérer le travail : que ce soit les “ e-mails ” ou les fameux rapports électroniques que l'on tapait souvent, encore, à deux doigts.

Tout chef digne de ce nom, le sien en particulier, savait parfaitement que cela prenait un certain temps de taper un rapport, surtout sur une des vieilles Japy vert-de-gris et fatiguées. Sans compter la fastidieuse manipulation des carbones et du papier pelure. Mais certaines jeunes recrues pensaient que les ordinateurs pouvaient tout résoudre, vite et bien. La preuve que non, on faisait appel à Hob, comme à ses collègues, pas à des machines pour résoudre des crimes ou des problèmes complexes. Le commissaire savait bien, au fond de lui-même, que le jour où il prendrait sa retraite, les ordinateurs n'auraient pas encore pris le pouvoir. Même si, dans quelques centres secrets, on nourrissait des mémoires puissantes avec tous les crimes, assassinats, délits et autres fraudes des vingt dernières années. Nul doute que les résultats seraient surprenants et qu'il faudrait alors revoir les délais de prescriptions. Mais on n'en était pas encore là.

Hob passa plusieurs coups de fil à Paris. Il ne réussit pas non plus à parler directement au commissaire Duporc de Bourg-en-Bresse, mais il tomba sur son adjoint, un certain Lablonde, avec une voix des plus efféminées.

Ce dernier confirma que toutes les autorités sanitaires et vétérinaires du département avaient convergé sur les étangs de la Dombes, que tous les élevages du fameux poulet de Bresse – seule volaille française à posséder l'AOC, cher collègue – étaient sous la plus haute surveillance.

- La preuve, Hob, je viens juste de voir, sur le Net, des images en direct de l'intérieur de certaines basses-cours bressanes, grâce à l'installation de webcams.

Effectivement, pensa Hob, on n'arrête pas le progrès. Fascinant spectacle ! Notre vie privée – ne parlons pas de celle des poules, il veut dire les volatiles, bien sûr – se rétrécit chaque jour. Combien de petits malins avaient déjà farci les bureaux, les chambres d'hôtel et autres toilettes de ces espionnes ? Combien devaient se rincer l'œil grâce à l'informatique ! Cette pensée lui donna la nausée. Non seulement tous les lieux publics étaient farcis de caméras de télévision capables de lire la marque de votre caleçon, mais bon nombre de lieux privés ne se privaient pas d'en faire autant. Qui regardait tout cela, qui stockait ces images, qu'en faisait-on ? Mystère et boule de gomme !

D'ailleurs, Hob détestait les boules de gomme, son père - le cracheur de feu - lui en achetait souvent quand il était môme, de ces trucs infâmes, genre bonbons des Vosges, sucrés et élastiques sous la dent. Cela nous éloigne un peu du poulet de Bresse, lequel, chacun le sait, n'est justement pas élastique.

- Oui, Hob, continua Lablonde, j'ai recontacté Lacassagne, le grand patron des services de médecine légale de Rhône-Alpes. Il a refait les autopsies des cinq cadavres découverts dans les étangs. Pour lui, la contamination avec le fameux virus de Carlo Levi est le résultat d'un séjour trop prolongé dans les eaux infestées d'oiseaux sauvages et migrateurs de toute sorte.

Ce n'était pas l'avis de Hob, mais il se garda bien de le dire à son collègue bressan. Comme nous le savons, le Professeur du P 4, lui, est persuadé que les victimes sont mortes du virus et ne l'ont pas attrapé dans les marais.

- Très bien, Lablonde, continuez et tenez moi au courant, de préférence sur mon portable. Bonne chance et à bientôt.

Pour le commissaire parisien, le “ bonne chance ” n'était pas une formule de politesse. Si le virus se promenait dans la Dombes, toute recherche dans le coin devenait dangereuse.

Hob regarda sa montre, il fallait absolument qu'il remette la main sur une de ses connaissances tchèques qui oeuvrait à la faculté des langues de Prague. Un des cadavres de la Dombes était un oto-rhino-laryngologue praguois. La police locale n'avait rien rapporté de particulier sur ce praticien : honnête, 46 ans, marié, père de deux enfants, clientèle régulière de quartier (à Andel, juste à côté de la brasserie Novomestsky Pivovar, n'avait pu s'empêcher d'ajouter le commissaire du coin, grand amateur de Pilsner).

Hob ne mettait pas en doute le rapport praguois, mais il avait ses habitudes, il vérifiait à sa façon. Pas toujours orthodoxe, d'ailleurs. Au fil des ans, d'enquêtes ici et là, dans la France profonde et quelquefois en Europe, il s'était tissé un réseau d'informateurs à lui, des gens fiables. Et tous se rendaient mutuellement des services. Cela allait plus vite que de passer par les hiérarchies habituelles et les longues demandes officielles.

Vera Chytilova était une de ses contacts. Sans doute un peu plus âgée que lui, elle avait encore de très beaux restes, qui ne laissaient jamais indifférents ses interlocuteurs masculins. Sa longue et abondante chevelure noire – qu'elle devait teindre maintenant – faisait toujours tourner les têtes. Vera faisait partie de ces nombreuses personnes " à cheval " entre l'Est et l'Ouest, du fait de sa double nationalité (Française-Tchèque) et pour qui le Rideau de Fer ne s'était pas vraiment levé. Hob était même persuadé que si on arrivait à repousser Vera dans ses retranchements, elle avouerait regretter le régime communiste. Mais ceci était une autre histoire.

Reconnaissons pour l'instant que Hob a une veine inqualifiable, il tombe sur elle à l'autre bout du fil.

Ils se congratulent, prononcent les banalités d'usage, et le commissaire va droit au but :

- Vera, j'ai besoin de vos services. Souvenez-vous, je vous avais parlé, il y a deux ans environ, de cet oto-rhino-laryngologue praguois, Josef Myslbek. Je vous envoie par e-mail le rapport transmis par votre police : vous verrez que j'y ai porté des remarques et des questions. Je vous serais très reconnaissant s'y vous pouviez y répondre le plus rapidement possible. Bien sûr au tarif habituel.

Vera avait gardé ses habitudes du "bon " temps, celui où elle aidait l'Ouest, en échange d'une poignée de dollars. Rien d'excessif.

- Avec plaisir, Hob, vous savez bien que je ferai de mon mieux.

C'est bien pourquoi le commissaire l'avait contactée. À ce

jour, Vera n'avait jamais failli. Elle travaillait bien, sans poser de questions, c'était exactement ce dont Hob avait besoin.

Quand il releva le nez de ses dossiers et des petits carnets à spirale où il avait pris force notes, son regard tomba sur le PDA qui était rechargé et indiquait aussi l'heure : 20 h 13. Il était temps d'aller se restaurer car son déjeuner avait été léger en prévision de ce repas du soir, que Hob espérait pas trop difficile à digérer.

Jablonski n'avait pas donné signe de vie, et Hob ne tint pas à le déranger. Il savait ce qu'il devait faire, et le commissaire lillois était certainement débordé avec ses Tueurs Fous du Brabant.

Le restaurant *Kabhoul Ki Rhoul* se trouvait dans le Vieux Lille. Le commissaire regarda par la fenêtre, il ne pleuvait plus, il irait donc à pied. Et au besoin, s'il se perdait, il avait toujours son fameux PDA/GPS. Il ne voyait toujours pas à quoi ce bidule pouvait lui servir. Il l'empocha néanmoins et enfila son pardessus.

Il avait la main sur la porte quand celle-ci s'ouvrit un peu brutalement.

- Ah, Monsieur le divisionnaire, excusez-moi !

C'était le jeune flic auteur de polar. Hob se sentit mal, car il n'avait même pas jeté un œil sur le tapuscrit qu'il lui avait remis. Aussi, il attendit que l'autre dévoile ses batteries.

- Vous n'avez pas eu le temps de regarder *La Mort au bout de la fouchette*, je suppose ?

Hob secoua la tête en silence.

- Je comprends, vous êtes fort occupé, et puis avec les Tueurs Fous….

Il laissa sa phrase en suspens, espérant que le commissaire parisien apporterait une réponse. Il en fut pour ses frais, car Hob resta silencieux, un sourire un peu las sur les lèvres.

- Je vois, vous êtes sur le point de partir, dit d'une voix déçue le jeune policier.

Hob le salua d'un geste de la main et sortit dans le couloir, le laissant seul dans le bureau avec sa déception. Il faudrait absolument qu'il examine cette prose, au moins en diagonale ce soir, après son repas. Car il se doutait bien que le futur Simenon n'allait pas lui lâcher la grappe facilement et qu'il reviendrait à la charge dès le lendemain matin.

Dehors, le vent du nord balayait les rues. Il remonta le col de son pardessus et s'enfonça dans le centre ville, fort bien éclairé et très animé malgré la fraîcheur nocturne. Il avait vérifié où il allait, avant de partir, et mettait un point d'honneur à se diriger seul, sans son machin électronique ou l'aide de passants vers sa destination. Il avait toujours fait ainsi quand il était dans une ville qu'il ne connaissait pas et ne voyait aucune raison particulière de changer maintenant. À son âge, on commençait à avoir certaines habitudes, et sans être - comme l'on disait aujourd'hui, à tout bout de champ d'ailleurs – psychorigide, il n'acceptait pas facilement de changer. Surtout s'il n'y voyait aucun avantage.

Au lieu d'admirer les remarquables restaurations du Vieux Lille et ses éclairages savants et d'apprécier la gaieté de ce quartier, Hob était obnubilé par le jeune policier et son roman. Le commissaire parisien n'arrivait pas à détacher son esprit de ce titre qu'il espérait non prémonitoire, *La Mort au bout de la fourchette* ! Quelle curieuse coïncidence ! Pourquoi diable une jeune recrue de la police lilloise se serait mis en tête d'écrire là-dessus ? Hob n'était ni peureux ni superstitieux – à la différence de certains de ses collègues – mais il prendrait langue avec ce futur écrivain pour comprendre sa démarche. Après avoir lu sa prose, bien sûr.

- Scusez-moi ! J'vouzavais pris pour un lampadaire ! lui lança un poivrot éméché en le bousculant mollement.

Hob sourit presque devant cette formule éculée puis, d'un seul coup, se souvint que c'était une des vieilles techniques des pickpockets. Il s'arrêta pour fouiller ses poches intérieures.

Ouf ! Rien n'avait disparu, ce n'était pas le moment de commencer son enquête en se faisant faucher son portefeuille et ses papiers. Il reprit son chemin en concentrant son regard sur les passants.

C'était son boulot au commissaire d'assembler des hypothèses à partir de bribes et d'éléments disparates. Là, il trouvait que les coïncidences étaient anormalement nombreuses en ce moment. Pas que sur l'affaire de la nourriture trafiquée, mais aussi en relation avec le cas des morts de la Dombes. Car si les deux enquêtes n'étaient pas liées, elles avaient au moins un point commun, pas si ténu que cela : la bouffe, en tout cas ce qui pouvait se manger ou non. D'accord, les chasseurs étaient morts AVANT d'avoir dévoré leur carnage, mais un chasseur qui ne mange pas son gibier n'est pas un vrai chasseur. Or, les oiseaux étaient porteurs de virus.

Bref, plus il y pensait - et cela tournait maintenant à l'obsession - tout ce qui touchait à la bouffe, ici, à Lille ou là-bas, dans la Dombes, devenait dangereux, voire mortel. Comme la bistouille frelatée, qui aurait pu faire des morts, comme les sachets de la mafia chinoise aux contenus douteux, mais goûteux comme l'affirmait Jab.

Son péché mignon, sa principale détente dans la vie - les plaisirs de la table - prenait des allures menaçantes, de quoi vous couper l'appétit. Hob n'était pas du genre à se laisser intimider, mais il regrettait que cette activité si plaisante qu'elle puisse être, soit, désormais, entachée de suspicion.

Lablonde lui avait assuré qu'il ne craignait rien avec les poulets de Bresse. Soit. Qu'en est-il avec les canards du Sud-Ouest ? Ou les poulets de l'Ouest ? Et les oies de l'Est ? Hob avait une carte culinaire dans la tête et aurait pu dessiner l'Hexagone en fonction de toutes ses productions alimentaires.

Il faillit manquer le restaurant, tant il était concentré sur ses enquêtes et les passants. L'endroit était à moitié plein, bien qu'il soit 21 heures passées. Le décor était censé rappeler cet Orient musulman débarrassé des talibans. C'était un peu trop tarabiscoté pour Hob, qui d'ailleurs ne connaissait pas grand-chose au monde arabe, en dehors des couscous et de la merguez qui avaient envahi les restaurants français en un tournemain.

Pour le contrarier un peu plus, les serveurs – pas une femme en vue – s'étaient déguisés dans d'improbables costumes folkloriques, supposés être de là-bas. Son vieil instinct de mangeur presque professionnel lui disait de se méfier. Au bout de quelques années, il s'était construit une sorte de code dans lequel trop de décor ou de costumes signifiait cuisine passable ou insipide.

Il était donc sur ses gardes. Il prit le menu que lui tendit avec grâce un serveur basané aux traits indiens. Enfin, c'est ce que pensa Hob. Il aurait été bien incapable, comme la majorité de ses concitoyens, de faire la différence entre un Indien et un Afghan.

Pour une fois, on n'avait pas installé le commissaire dans un des pires endroits du restaurant, il était près d'un mur orné d'une grande tenture orientale représentant une scène de chasse à l'ancienne avec oiseaux de proie. Il tournait le dos aux cuisines et avait une vue dégagée sur la salle animée et enfumée.

Le menu était une sorte d'enluminure sur quatre pages, le tout en couleurs criardes. La préface - car il y en avait une, longue et détaillée, mais non signée – expliquait que la cuisine afghane était plus raffinée que l'indienne et la pakistanaise, plus intéressante que l'iranienne. Hob ne tomba pas dans le panneau. Il savait fort bien que, pour tous les exilés de la planète, la meilleure cuisine du monde est la leur ! Venaient ensuite une longue liste d'épices employées qui ne lui semblaient guère différer de celles que les Indiens utilisent. Force légumes dont beaucoup d'oignons, de tomates et du riz. Comme il l'avait deviné, l'agneau était la viande préférée, suivie par le poulet et le bœuf. Tout ça ne lui paraissait guère étranger ou exotique : il avait déjà mangé ainsi dans de forts bons restaurants indiens ou pakistanais à Londres, et maintenant on en trouvait aussi de très décents à Paris.

Mais il serait objectif et ne se laisserait pas influencer par ses préjugés ou son expérience. Aussi, quand le garçon revint vers lui pour prendre sa commande, lui demanda-t-il conseil. Ce dernier, dans un français correct, lui conseilla le poulet au curcuma et à la menthe hachée. Cela tombait bien, car tous ces ingrédients pouvaient sortir d'un des sachets en plastique fournis par la mafia chinoise.

- Vous verrez, c'est excellent et vous ne le regretterez pas, lui lança l'enturbanné en partant à toute jambe vers les cuisines.

Hob était toujours très embarrassé dans ce qu'il nommait les restaurants ethniques, dès qu'il s'agissait de commander la boisson. Il n'aimait pas mélanger les vins français avec ces plats. Ce n'était pas du chauvinisme mal placé, mais une question de goût. Aussi se rabattit-il sur une bière indienne, un peu surpris qu'il n'en existât pas en Afghanistan. Après tout, dans leur zèle purificateur, les talibans avaient peut-être détruit les brasseries locales.

Le service fut rapide, juste un peu trop, car Hob avait à peine eu le temps de prendre quelques notes sur un de ses carnets à spirales, que le plat fumant et appétissant se trouvait devant lui. Il l'inspecta en professionnel alors que tous ses sens lui disaient qu'il ne serait pas déçu.

Dans une profonde assiette creuse nageaient six ailerons de poulet enrobés d'une sauce au yaourt, parfumée et colorée par le curcuma. La menthe était bien fraîche (et non pas desséchée puis réhydratée). L'ail semblait dominer, mais le commissaire repéra rapidement en remuant le plat du bout de sa fourchette – ce qui lui rappela brusquement le titre du futur Simenon – trois de ces petits piments forts rouges que l'on nomme langues d'oiseau. Il aimait cela, mais avec modération. Il jeta un coup d'œil discrètement autour de lui et vit que le patron, un grand escogriffe, basané lui aussi, le surveillait depuis l'entrée. Hob entama sa portion et dut se à rendre à l'évidence : c'était excellent à tout point de vue. Il mangea d'un fort bon appétit, oubliant toutes ses appréhensions. Quand il eut terminé, il vit bien que le serveur et le patron avaient l'air ravis. D'ailleurs, ce fut ce dernier qui vint discuter avec lui, dans un français un peu rudimentaire :

- Vous première fois ici ?

- Oui, mais je suis très content.

- Moi très content si vous aimez.

- Vous venez de Khaboul ?

- Oui, nous venir de Khaboul il y a un an. Moi apprendre le français avec lycée de français là-bas. Moi pas cuisinier, moi ingénieur biologiste, moi pas trouver travail ici.

Pour toute réponse, Hob secoua la tête.

- Vous dessert ?

- Non merci ! je n'aime pas trop le sucré, mais j'ai vu sur le menu que vous aviez un intéressant fromage.

- Ah ! notre brebis-chèvre-vache ! Très bon, ça. Moi fabrique ici. Très facile à faire.

- Tous vos produits viennent d'Afghanistan ?

- Non, pas tout, épices seulement.

- Vous achetez la viande sur place ? Vos poulets, vos agneaux, etc…

- Oui, produits frais toujours meilleurs.

Le garçon enturbanné lui apporta son fromage qui était fort plaisant et servi avec un pain plat, genre *nan* indien. Le patron lui proposa ensuite un espresso, qu'il refusa mais il se laissa tenter par un thé local qu'il eut bien du mal à terminer : il avait connu des produits pour déboucher les éviers qui étaient moins forts ! L'addition était plus qu'honnête, et Hob constata que la clientèle sortait du restaurant, comme lui, contente d'un bon repas.

Jab avait-il fait fausse route ? Hob en doutait, c'était un vieux routier de la Grande Maison et il ne devait pas se tromper souvent. Et puis, si erreur il y avait, elle devait venir d'un de ses indics au palais franchouillard peu habitué aux épices orientales. Cela dit, Hob devait aussi admettre que ce qu'il avait mangé pouvait fort bien sortir d'un sachet en plastique réchauffé au micro-ondes. Il suffisait de rajouter la menthe fraîche hachée. Le plat n'avait-il pas été servi trop vite ? En tout cas, c'était bon, et il avait bien dîné. Il paya le patron qui ne manqua pas de lui laisser la carte du lieu et ressortit dans le froid.

La rue Royale était encore plus animée que lorsqu'il était arrivé. Les Tueurs fous du Brabant avaient peut-être repris du service, mais les Lillois ne semblaient pas ici, en tout cas, s'en soucier. Étaient-ils indifférents ? Égoïstes ? Ou ne pouvaient-ils pas assumer toute la misère du monde sur leurs frêles épaules ? Ce sentiment, Hob l'avait déjà perçu lors des attentats contre les tours du World Trade Center de New York. Le soir même, il avait dîné près de la place Charles-de-Gaulle, dans un restaurant étoilé. Si la terre semblait s'être arrêtée de tourner, sur les radios et les télés, elle continuait sa rotation, comme si de rien n'était dans cet endroit chic.

Pour la première fois depuis longtemps, il aurait bien aimé bavarder avec quelqu'un en sortant du restaurant, au sujet du repas, de la ville qu'il ne connaissait pas. Il faudrait qu'il reprenne l'offre de Jab et fasse connaissance avec la brigadière-chef, la dénommée Émilie Défêt. Si elle avait accepté ce service commandé, elle devait apprécier, au moins, la bonne chère.

Son portable sonna alors qu'il traversait la rue des Bouchers-Militaires. Arrivé sur le trottoir, il répondit, non sans avoir regardé qui l'appelait. Après 22 heures, il choisissait ses interlocuteurs.

- Commissaire Hibzobheit ?

- Oui, commissaire Duporc, je vous écoute. Que se passe-t-il ?

- Nous sommes dans la merde, si vous me passez l'expression.

En lui-même, Hob lui passait l'expression et le contenu qu'elle évoquait.

- Et pourquoi donc, commissaire ?

- Don Carlo, l'adjoint de Carlo Lévi, a été retrouvé mort ce soir, à Lyon, chez lui.

- Je vois ! lâcha Hob d'un ton calme alors qu'il se contenait furieusement. Mort de quoi ?

- Le légiste parle d'un empoisonnement. Carlo sortait d'un restaurant spécialisé dans les cuisses de grenouilles de la Dombes !

- Hum, je vois, reprit Hob.

En fait, il ne voyait rien du tout, mais cherchait à gagner du temps.

- Et où est Carlo Lévi en ce moment ? demanda un peu sèchement le commissaire parisien, car il commençait à ne pas aimer du tout la tournure que prenait cette enquête dans les étangs.

- Chez sa maîtresse, j'ai quatre hommes qui le surveillent et qui ne le lâchent pas d'une semelle.

- Mais que fait la police lyonnaise ? N'est-ce pas elle qui est en charge de sa surveillance ?

- Oui, quand Lévi est sur leur territoire, mais, pour l'instant, il est sur mes terres, donc sous ma responsabilité.

- Où est-il ? hurla Hob. Non de colère, mais parce qu'une mobylette trafiquée passa en pétaradant comme une mitrailleuse lourde. Celui-là, avec sa mob, allait réveiller au moins dix mille personnes !

- Dans une auberge des bords de l'Ain, *Au Têtard Amoureux*, tout un programme !

- Bon, merci, commissaire Duporc, de m'avoir prévenu. Je vous rappellerai demain matin, pouvez-vous m'envoyez par e-mail le rapport complet du médecin légiste, si possible ?

- Aucun problème, désolé de vous avoir dérangé ! Bonne fin de soirée !

- À vous aussi, si j'ose dire, car je pense que votre nuit sera courte !

- Hélas, répondit le policier bressan au nom plus évocateur d'un jambonneau que d'un pilon de poulet.

Hob n'était plus qu'à deux rues de son hôtel, mais il n'avait pas envie de retrouver tout de suite *La Mort au bout de la fourchette*. Il aurait bien pris un verre avec quelqu'un. Il s'aperçut alors qu'il ne connaissait même pas le nom du futur Simenon, il aurait pu l'inviter à bavarder sur son roman. Ce serait pour un autre soir. Il n'était pas question de déranger Jab quant à Johannes, le maître du PDA/GPS, il n'envisageait pas de le contacter, refusant par avance un cours supplémentaire sur les mérites du Global Positioning System.

Il avisa un grand hôtel, faisant partie d'une de ces chaînes dites internationales. Le bar y était chaud et accueillant, quoique un peu enfumé.

Assis sur son tabouret de bar, il commanda une bistouille.

- Une quoi ? lui demanda étonné un jeune barman visiblement pas du coin et à l'accent ensoleillé d'un pays du Grand Sud.

- Un genièvre, répondit Hob en détachant délicatement les syllabes.

L'autre le regarda comme s'il venait enfin de comprendre le message de la série *X-Files* et fila derrière une porte dérobée du bar. Un barman plus âgé, très amidonné, revint vers lui et lui demanda presque dans un murmure, comme s'il s'agissait d'une maladie honteuse, en se penchant à son oreille :

- Avec ou sans glace ?

- Avec ! répondit sèchement Hob, qui n'aimait pas qu'on le prenne pour un touriste demeuré.

Il prit son verre et le sirota, le regard dans le vide. Don Carlo avait été assassiné, il en était sûr et dans ces cas-là, son instinct ne le trompait jamais. *La Mort au bout de la fouchette* devenait, maintenant, une lecture indispensable.

CHAPITRE 6.

Une fois dans sa chambre d'hôtel, Hob prit une douche.

Une fois dans sa chambre d'hôtel, Hob prit une douche puis se coucha avec le tapuscrit de son jeune collègue, le futur Simenon lillois. Il y en avait quand même cent cinquante-huit pages bien serrées. Cela tombait bien, car le commissaire divisionnaire n'avait pas sommeil. Trop de détails et de faits se bousculaient dans sa tête. La lecture devrait l'aider à se concentrer. Maigret fumait la pipe et buvait un petit verre. Hob, lui, dégustait un bon repas ou lisait.

Ce soir, *Madame Bovary* devrait encore attendre. *La Mort au bout de la fourchette*, c'était provocateur en diable, cela. Surtout à une époque où les scandales concernant l'alimentation faisaient, un peu trop régulièrement, la une des media instantanés. Hob s'installa confortablement dans son lit et entreprit cette lecture policière.

Quand il referma le roman, sa montre indiquait deux heures du matin. Hob avait mal aux yeux et souhaitait dormir immédiatement. Mais ses neurones, ses petites cellules grises aurait dit Hercule Poirot, étaient en pleine action. Il avait lu avec application le polar, bien fait d'ailleurs, tout en réfléchissant aux deux enquêtes sur lesquelles il travaillait. Il n'avait jamais compris comment cela fonctionnait dans son cerveau, mais il était tout à fait capable de lire sur un sujet et de réfléchir à un autre. Sans pour autant faire impasse sur sa lecture.

Il avait aimé le roman de son jeune collègue : une sombre

histoire de crime familial qui s'inspirait de l'affaire Marie Besnard. La " bonne dame de Loudun " avait été inculpée, en 1949, pour l'empoisonnement de onze personnes. Après trois procès, treize exhumations, des dizaines d'interrogatoires et une foultitude de rapports de toxicologie, Marie Besnard était acquittée et libérée en 1961. Heureusement, le livre était moins complexe que la justice française et plus généreux envers les divers experts qui se prononçaient catégoriquement à la barre. C'était bien enlevé, mais les personnages manquaient, çà et là, de profondeur. Pour un premier polar, c'était fort bon. Cependant, Hob n'était pas agent littéraire, il ne connaissait absolument personne dans le milieu de l'édition, et pourtant il souhaitait aider son collègue. Il lui faudrait téléphoner à Paris, demain matin.

Maintenant, il devait à tout prix dormir. Un oreiller sur la tête, crispé, Hob cherchait un sommeil qui ne venait pas. Il entendait vaguement le bruit étouffé de la circulation nocturne. Dans sa tête, se pressaient la grand-mère qui trucidait sa famille dans le roman, les petits sachets de la mafia chinoise et la mort de Don Carlo. Par empoisonnement, précisément. Le commissaire détestait les coïncidences : ces rencontres que l'on croit fortuites. Dans sa vision du monde et dans sa profession, les coïncidences ne pouvaient être que des indices dont il fallait trouver les liens. Or, pour l'instant, rien ne jaillissait dans son esprit. Il se tournait et se retournait dans son lit. Lassé de s'énerver ainsi, il se releva, prit plusieurs de ses petits carnets et s'installa à la table de sa chambre. Il lut longuement ses diverses notes. Il regarda enfin sa montre : 4 h 12. Il n'avait pas avancé et était écoeuré de fatigue. Il se coucha et s'endormit immédiatement.

Le commissaire ne fait pas comme Maigret ou Columbo. Il cherche longuement avant de trouver une solution plausible. Parfois, il revient bredouille de ses expéditions dans la France profonde. Il compte alors sur les progrès de la science pour faire avancer certaines enquêtes. Comme celle sur les morts de la Dombes. À l'époque, il avait, comme ses collègues, fait chou blanc. Maintenant, avec la découverte de Carlo Lévy et de son regretté adjoint Don Carlo, tout prenait un aspect différent, et les possibilités paraissaient plus nombreuses.

Hob se réveilla non avec la gueule de bois, mais avec une profonde lassitude. Ce qu'il appelait être fatigué dans ses os. Peut-être était-ce un signe avant-coureur de la vieillesse ? Il fit une toilette de chat et prit son espresso et un croissant sur le zinc d'un bistrot proche de la PJ. C'était son habitude, le matin. Il lut aussi *La Voix du Nord* qui faisait son gros titre sur les Tueurs Fous du Brabant. Il se pressa, car il n'était pas en avance et il aurait fort à faire dans cette journée.

Arrivé dans son bureau de la PJ, il remarqua que Jablonski ne lui avait pas laissé de message. La réapparition des tueurs belges ou de leurs imitateurs devait l'occuper à plein temps et passer avant l'invasion des petits sachets chinois. Pour Hob, cela devait rester sa principale préoccupation, avec les cadavres de la Dombes, auxquels on pouvait légitimement rajouter celui de Don Carlo. Et, pendant ce temps-là, Carlo Lévy, lui, faisait des galipettes *Au Têtard amoureux*. Il n'avait d'ailleurs pas encore donné signe de vie, celui-là ! Certains jours, le commissaire n'en finissait pas d'admirer l'ironie du monde.

Il commença par lire son courrier électronique. Il était à peine neuf heures du matin, et déjà plus de cinquante mèls étaient arrivés. Lui n'en attendait qu'un seul : celui de son homologue bressan sur l'autopsie de Don Carlo. Il le trouva, après avoir jeté les trois-quarts des messages dont la plupart vantaient les mérites de tas de pilules capables de vous permettre des prouesses dans des domaines qui laissaient rêveur.

Le mèl était bref, mais complet. Don Carlo avait dîné *À la cuisse légère* et avalé six brochettes de cuisses de grenouille, certifiées de la Dombes. Il avait bu une bouteille de chignin-bergeron à lui tout seul, pris un saint-marcellin crémeux et un café. En fin de repas, il s'était écroulé, foudroyé. Le médecin légiste semblait certain que la bactérie mortelle *E. coli O157:H8* était responsable du décès, mais il devait attendre les résultats du labo P4, où travaillait justement le défunt avec son célèbre patron, pour en avoir la certitude.

Hob n'était pas un spécialiste de la toxicologie, mais il savait combien les bactéries de la variété *E.Coli* étaient dangereuses. Il avait lu dans de nombreux rapports d'autopsie que l'*E.Coli* se trouvait présente chez presque tous les animaux. Pour qu'elle tue, il fallait une mutation. Comme celle à craindre avec la grippe aviaire. Si, comme le pressentait Hob, Don Carlo avait été volontairement empoisonné, il fallait bien que quelqu'un ait mis ladite bactérie dans les cuisses de grenouille. Et dans celles de Don Carlo uniquement, car - le légiste était formel - le stock saisi au restaurant était sain et conforme aux normes vétérinaires. D'autre part, aucun autre client n'avait été malade. Plusieurs inspecteurs avaient été leur rendre visite dans la soirée, et d'autres avaient fait toutes les admissions des urgences des hôpitaux lyonnais. Il n'y avait rien à signaler. Ce quelqu'un manipulateur de bactéries mortelles ne pouvait être qu'un spécialiste de la question. Or, comme chacun sait, en principe ce genre de personnage ne travaille pas dans les cuisines d'un restaurant avec ses pipettes et ses flacons.

Son portable sonna. Il jeta un coup d'œil à l'écran. C'était le Chef. Autant l'écouter maintenant et Hob serait, en principe, tranquille pour le restant de la journée. Le Chef était encore plus excité que d'ordinaire.

- M'entendez, Hob ?

- Oui, Chef,

- J'veux que cette affaire de Don Carlo soit réglée au plus vite.

- Chef, je me permets de vous rappeler que nous ne sommes pas impliqués directement dans cette enquête. La Dombes oui, mais pas Don Carlo. Lui, ce sont nos collègues de Lyon qui s'en occupent.

- Hob, ne me prenez pas pour un demeuré, de grand matin.

- Je ne me serais jamais permis, Chef.

- Vous avez des contacts à Lyon, je le sais, alors activez-les ! Je veux des résultats dare-dare sur cette affaire. D'autant que le ministre de l'Intérieur me souffle dans le cou à chaque heure. Don Carlo, c'était quelqu'un d'important !

- Pas autant que Carlo Lévy que vous devriez ne pas lâcher d'une semelle, si j'ose me permettre, Chef. À mon sens, lui, on ne devrait même pas l'autoriser à sortir de son labo. Il en sait trop et s'il parle….

- Parce que vous croyez qu'on va l'écouter, ce savant Cosinus[7] ? (Parfois, les références culturelles du Chef dataient un peu).

- Je le crains, Chef. Vous savez bien combien les media sont friands de toutes ces infos qui paniquent les populations.

Un curieux et long silence s'établit. Si bien que Hob lança :

- Vous êtes là, Chef ?

- Bien sûr que je suis là ! Bon, alors vous vous occupez de Don Carlo, et je veux que ça ne traîne pas trop là-haut, dans le Nord, avec votre histoire de bouffe en sachets. Je vais avoir besoin de vous ici, à Paris.

- Quand, Chef ?

- J'vous l'dirai !

Il avait raccroché sans répondre. Ce que le commissaire gardait en tête de cette brève conversation c'est que le Chef était resté muet quand les media et la menace de la grippe aviaire étaient arrivés dans la conversation. Avait-il son idée derrière la tête, le Chef ? Du style, il allait se faire inviter par PPDA pour tout révéler, lui-même, avec l'aval de sa hiérarchie, bien sûr. C'était bien dans son style, ça. Mais cela n'allait rien arranger du tout. Ce n'était pas le moment d'affoler ses concitoyens. Si, par malheur, les petits sachets chinois faisaient aussi des victimes, ce serait complet !

Hob téléphona au labo de la police scientifique de Lille. Les fameux sacs de plastique - qui s'étaient éparpillés dans la nature suite à l'accident du camion - avaient révélé que tous les ingrédients alimentaires transportés étaient sains. Quoique pas toujours orthodoxes.

- Par exemple, avait ajouté un technicien au bout du fil, la blanquette de veau lyophilisée est excellente – nous avons goûté – mais ne contient pas l'ombre d'un morceau de veau ! C'est de la viande, mais nous n'avons pas encore identifié laquelle.

- Avez-vous cherché du côté du chien ?

- Du chien ?

- Les Chinois étaient friands de cette viande, comme nos amis suisses d'ailleurs. Ils avaient des élevages spéciaux et des boucheries dédiées.

- Bon, on va chercher dans cette direction.

- Quoi d'autre ? demanda Hob.

- Beaucoup de légumes que nous ne connaissons pas et qui apparaissent, au goût, en tout cas, comme les nôtres.

- Donc ils font de la substitution, nos amis chinois. Comme toutes les industries agroalimentaires sur la planète.

- On dirait, oui. J'ai un autre exemple, sur les cèpes. Il s'agit bien de cèpes, au sens large, mais ils n'appartiennent pas à la famille que nous utilisons, nous, en France pour nos plats.

- Je vois, merci, envoyez-moi votre rapport complet par e-mail dès qu'il sera terminé. Bonne journée.

De ce côté-là, la piste refroidissait de minute en minute, pensa Hob. Non seulement ces plats étaient bons, mais ils ne contenaient rien d'anormal ou de malsain. Au pire, les Chinois remplaçaient certains ingrédients par d'autres. Cela faisait partie d'une bonne analyse économique. Hob avait toujours adoré lire la composition des aliments sur les produits qu'il achetait. Il avait fallu les dernières directives européennes pour que tous les petits pots et autres conserves soient désormais habillés de copieuses lectures. Que l'on remplace de l'œuf par de la lécithine de soja, à la limite il pouvait comprendre, mais que l'on substitue à l'œuf de la poudre d'œufs séchés, là, il y perdait le latin qu'il n'avait jamais étudié. Autre question qui le taraudait : où passaient les pourcentages élevés de matière grasse qui disparaissaient des fromages, de la crème, etc.... ? En effet, on ne trouvait plus de fromage à 100 % de matières grasses, au mieux pouvait-on dénicher du 65 %. Quid des 35 % mystérieusement disparus ?

Tout d'un coup, une image fulgurante traversa la tête du commissaire : il vit son chef, à la télé, en train d'expliquer aux téléspectateurs, les yeux dans les yeux, les dangers des petits sachets chinois :

- Savez-vous que vous mangez du chien ? Je dis bien du chien ! répétait son Chef.

Il était surmené, Hob, et n'avait pas assez dormi. Il se passa la main sur le front et alla se faire un espresso à sa machine personnelle. En fait, il en prit deux. Histoire de se remettre la tête à l'endroit et d'échapper à d'autres visions malsaines.

Question panique généralisée, le commissaire parisien avait les pires craintes. Il savait déjà combien la moindre rumeur créait des pénuries d'essence, de riz, de sucre, de café ou de vaccins anti-grippe. Si la nourriture était visée, ce serait la guerre civile. Affalé dans son fauteuil, sa tasse à la main, il vit de nouveau, comme dans un flash, des hordes se précipiter sur les petits jardins qui ornaient les périphéries des grandes villes. Armés de pelles et de sacs, ces groupes vociférants saccageaient tout sur leur passage, cherchant légumes et fruits.

Le commissaire s'essuya le front, il était mouillé de sueur, il avait de la fièvre. Il se sentait plus que vaseux. La fatigue ?

Peut-être. Le plat afghan ? Difficile à dire, car sa digestion était terminée depuis longtemps. En tout cas, il avait fort mal dormi.

C'est pile ce moment-là que choisit le jeune collègue policier et futur Simenon pour pointer son nez dans le bureau de Hob.

- Commissaire, vous l'avez lu ? demanda-t-il doucement et inquiet, presque au garde-à-vous.

- Oui, cette nuit ! Il m'a tenu éveillé.

- Ah, c'est un bon signe, ça !

- D'une certaine façon. J'ai bien aimé, mais je ne suis pas introduit dans le milieu de l'édition. Laissez-moi passer quelques coups de fils à Paris, et je vous en dirai plus demain, j'espère. Au fait, vous vous appelez comment ?

- Eusèbe Bélazor, à vos ordres, commissaire !

Il claqua les talons et salua réglementairement.

Avant de dire “ Repos ! ”, Hob pensa que le futur auteur aurait besoin de changer son nom pour affronter le public. Il y avait vraiment des parents indignes. Oser affubler un enfant d'un pareil prénom, alors que le patronyme prêtait déjà à sourire.

- Dites-moi, Bélazor, êtes-vous libre ce soir pour dîner ? On pourrait parler de votre roman.

Le visage du jeune flic s'éclaira comme un gyrophare.

Avec plaisir, commissaire. Oui, bien sûr, je suis libre. À partir de quelle heure et où ?

- Disons vers 20 h, ici. Attendez…

Hob consulta le planning des visites de restaurants établi par Jablonski : mardi soir, il y avait au menu – si l'on ose dire – le restaurant *Au lapin chasseur*. Décidément, la restauration lilloise était désopilante.

- Donc *Au lapin chasseur*, 20 h. Vous savez où c'est ?

- Commissaire, je suis flic, si je ne trouve pas ce restaurant, je devrais changer de métier !

- Oui, c'est vrai, bien sûr, où avais-je la tête ? Donc 20 h, sauf contre-ordre : laissez-moi votre numéro de portable, au cas où. Merci.

Et Bélazor repartit tout guilleret. Lui, au moins, était en forme, ce n'était pas le cas de Hob, qui se sentait de plus en plus mal. Un léger vertige, des suées et une certaine difficulté à fixer au loin : des signes qu'il connaissait bien et qui, d'ordinaire, annonçaient, chez lui en tout cas, la bonne grosse grippe. Pas le simple rhume. Ce n'était pourtant pas le moment.

Il téléphona au médecin du personnel. Ce dernier le reçut instantanément.

- D'après vos symptômes et ce que vous m'avez dit, vous avez la grippe. La vraie, la dernière variété asiatique. La fièvre va monter très vite, et vaut mieux rester au chaud, chez vous.

Il gribouilla une ordonnance puis un arrêt de travail.

- Voilà, vous rentrez vous mettre au lit, vous buvez beaucoup et brûlant de préférence et vous avalez vos médicaments. Dans quinze jours, tout ira mieux.

- Quinze jours ! Ce n'est pas possible ! Quant à rentrer chez moi, c'est difficile, car je suis à l'hôtel et en mission à Lille.

- Voyons, commissaire, vous habitez bien quelque part ?

Un peu assommé, Hob le regarda par en dessous avant de répondre agressivement :

- Oui, et alors, vous voulez mon adresse pour venir me border ?

- Commissaire, croyez-moi, prenez le premier train – surtout pas la route – et reposez-vous, vous en avez besoin.

Hob remercia le praticien et sortit de son bureau, un peu hagard. Il n'avait pas de chance ! Ce n'était pourtant pas le moment de s'aliter. Sa décision était prise, non pas parce qu'il se prenait pour un de ces héros de polars américains insensibles à la douleur et aux microbes, mais parce qu'il voulait venir à bout des deux enquêtes sur lesquelles il devait travailler. Il ne rentrerait donc pas chez lui, à Paris, mais resterait à Lille. Il demanda à un planton d'aller lui chercher les médicaments que le médecin venait de lui prescrire et remonta difficilement dans son bureau. Il n'était pas au mieux de sa forme.

Pourquoi avait-il invité Bélazor ce soir au restaurant ? La veille, il avait décidé de demander à la brigadière-chef, Émilie Défêt, de lui tenir compagnie. Il appela aussitôt le futur Simenon, décommanda le rendez-vous et le remplaça par le lendemain soir. Puis il téléphona à sa collègue. Hob tomba sur son répondeur téléphonique, laissa un message précis, donnant les coordonnées du *Lapin chasseur*. Ces deux coups de fil l'avaient épuisé. Oui, il était mal en point. À son grand regret, le commissaire voyait se profiler à l'horizon une journée sans restaurant.

Il fit de gros efforts pour signer de la paperasserie. Sa vision se troublait, et il transpirait à grosses gouttes maintenant.

Vers midi, une voiture banalisée le ramena à son hôtel. La patronne, une personne d'un âge certain, s'occupa de lui comme s'il était son fils. Il tenta bien de se déshabiller, mais ce fut un échec retentissant, dans la mesure où il s'étala de tout son long, sa tête heurtant bruyamment le montant du lit.

On peut ici se poser une question fondamentale : le héros du polar peut-il tomber malade ? Difficile de répondre. Dans la mesure où ce personnage vit sa vie, sans tenir compte des directives ou conseils prodigués par l'auteur, on peut dire oui. Si l'on considère que l'auteur tient les rênes et ne les lâche pas, alors c'est non. On peut aussi, bien sûr, considérer qu'en tant que super-héros, il est insensible aux microbes ambiants. Cela étant dit, cela sert à quoi de se poser cette question, puisque de toute façon, en tant que lecteur, nous sommes pieds et poings liés au récit ?

Or donc, Hob est malade, couché, dans le cirage le plus complet avec sa fièvre, ses médicaments, et tout ça dans une chambre d'hôtel. Avez-vous déjà été malade dans de telles circonstances ? Cela n'a rien de très plaisant. Le fait de ne pas être chez soi n'arrangeant en rien le moral du malade.

Lequel ne rêve pas à l'instant même, mais délire :

- Véra ! Non, pas de *becherovka*[8] ! Je n'en peux plus !

Il se débat, Hob, comme si on le forçait à boire. Il est en nage et grelotte. Malgré tout, il est profondément endormi.

Quand arriva le soir, il se réveilla quelques minutes, accepta de prendre ses médicaments et replongea dans le sommeil. La patronne, qui avait envoyé une de ses femmes de ménage le surveiller, était inquiète. Elle avait prévenu Jablonski. Ce dernier passa, vers 21 h, voir son collègue parisien, mais celui-ci dormait à poings fermés en ronflant à faire trembler les murs. Ce qui est étonnant car, d'ordinaire, il ne ronfle jamais.

Jablonski fut de retour le lendemain matin, avec son médecin personnel, car il n'a jamais fait confiance à celui de la PJ.

Hob s'était réveillé et émergeait lentement d'une brume opaque pendant que le praticien l'auscultait et l'examinait sous toutes les coutures.

- Alors, docteur ? demanda le commissaire lillois.

- Je pense que nous avons à faire à un cas d'empoisonnement alimentaire, commissaire.

- Hob, mon vieux, vous m'entendez ? Jablonski le secoua doucement par l'épaule.

- Oui, ça va, répondit doucement Hob.

- Qu'avez-vous mangé hier ?

Le commissaire parisien regarda autour de lui, fronça les sourcils, puis dit :

- Rien du tout, à part un croissant le matin.

- Comment rien ? insista Jablonski.

Hob fit alors le récit de sa brève journée à la PJ.

Le commissaire lillois réfléchit et, se tournant vers le docteur, lui demanda :

- Croyez-vous que les plats ingurgités lundi soir soient en cause ? Près de 24 heures après ?

- À ce stade, je ne puis être affirmatif, remarqua le médecin.

Hob parla lentement. Il raconta sa soirée au *Khaboul Ki Rhoul*. Jablonski donna aussitôt des ordres pour que l'établissement soit examiné de près et vérifié par les services sanitaires.

- Je ne crois pas que vous trouverez quoi que ce soit là-bas, poursuivit Hob. Quand je dois être malade, je le suis instantanément, mais pas plus de douze heures après. J'ai omis, cependant, de vous dire que je suis allé prendre un verre de bistouille avant d'aller me coucher…

- Nom de Dieu ! lâcha Jablonski, qui rougit presque de son juron. Où ça ?

Hob donna tous les détails, et le commissaire lillois les transmit par téléphone à ses hommes.

- Vous croyez donc, Hob, que la bistouille était frelatée ?

- J'en suis convaincu Jab, et je suppose que, dans quelques heures, nous connaîtrons la réponse.

- En tout cas, même si vous n'avez pas la dernière version de la grippe, vous avez été bien secoué, donc un peu de repos, aujourd'hui au moins, ne peut que vous faire du bien, reprit le docteur.

- Attendez, demanda Hob, en se passant la main sur ses joues barbues. Vous voulez dire que je suis ici depuis vingt-quatre heures ?

- Presque, répondit Jab. Vous êtes venus à l'hôtel vers midi, hier. Ensuite, on vous a couché et vous avez déliré, puis vous vous êtes endormi, pour vous réveiller ce matin.

- Ah zut ! lâcha Hob qui n'en dit pas plus. Il se souvenait juste de son rendez-vous de la veille qu'il n'avait, bien sûr, pas pu honorer. Émilie Défêt devait être fort en colère.

- Bien, on vous laisse en paix. On sait où vous joindre, dit en riant Jablonski.

Une fois les deux hommes partis, la patronne vint s'enquérir de l'état de santé de son client et fut ravie de l'entendre commander un espresso bien serré et deux croissants. Car il avait faim, Hob, n'ayant rien mangé depuis plus de vingt-quatre heures maintenant. Empoisonnement ou pas, il avait un sérieux creux à l'estomac et sentait qu'il fallait vite avaler quelque chose pour se remettre en condition.

La bistouille ! Cela lui était venu en un éclair, sans vraiment y réfléchir, tout en parlant avec Jablonski. Il était sûr de lui, le commissaire. Le poulet au curcuma et la menthe hachée n'y étaient pour rien. Maintenant, en y réfléchissant bien, la bistouille pouvait provenir d'endroits douteux. Le bar chic n'était pas une garantie des origines des boissons. D'autant qu'il n'y avait rien de plus facile que de remplir des bouteilles de marque avec d'autres produits. La méthode, peu délicate, était plus souvent employée qu'on ne le croyait dans certains établissements bas de gamme. La carafe non terminée allait en rejoindre une ou deux autres, et plusieurs fonds devenaient une nouvelle carafe. Moindre mal si le breuvage était décent. Là, il semblait bien qu'il ne le fût point.

La nature et ses parents l'ayant doté d'un estomac d'autruche, il s'en était fort bien tiré, le commissaire parisien. Il avait deux regrets en sirotant son espresso et en dégustant ses croissants : le premier, c'était de ne pas faire l'enquête, lui-même et à chaud, dans ce bar chic. Jab avait dû mettre plusieurs hommes là-dessus, sans compter le service des fraudes. Quand il serait sur pied, il aurait sans doute un volumineux rapport à lire sur la bistouille de contrebande qu'il avait bue. Le second, c'était d'avoir fait faux bond à Émilie Défêt.

Quand la patronne eut disparu de la pièce, il se leva, non sans tenir le bord de son lit, chercha son téléphone portable dans sa veste, trouva d'abord son PDA qu'il jeta d'un geste rageur sur son lit et finit, enfin, par mettre la main sur ce qu'il cherchait.

Cette fois, la brigadière-chef répondit en personne. Le " Allo ! Défêt à l'appareil ! " n'était pas franchement une invitation à la rigolade.

- Ici, le commissaire Hob.

Il préférait ne pas donner son nom imprononçable.

- Ah, commissaire ! Vous m'avez posé un beau lapin hier soir au *Lapin chasseur* !

(Le ton était enjoué et il ne semblait pas que la brigadière-chef lui en tienne rigueur). Dites-moi, êtes-vous remis de votre abus d'alcool ? et elle éclata de rire.

- Les nouvelles vont vite à la PJ de Lille ! Oui, cela va mieux, merci. Je ne pensais pas en enquêtant sur la bistouille, être victime moi-même de ses produits dérivés et interdits. Désolé pour le lapin – elle ne manquait pas d'humour, l'Émilie – mais ce n'est que partie remise, j'espère ?

- Bien sûr, dès que vous irez mieux et après, si vous le souhaitez, je vous ferai goûter de la vraie bistouille. Faite par mes frères.

- Pour la bistouille, vous savez, cela peut attendre…

- Mais, commissaire, ce ne sont pas des escrocs, mais des professionnels, ils ont une distillerie légale et très connue !

- Je n'en doute pas ! Dans un premier temps, je vous rappelle, si vous le permettez, et nous irons, enfin, dîner au *Lapin Chasseur*. D'accord ?

- Parfait ! Reposez-vous bien, car le commissaire Jablonski vous a préparé une longue liste de restaurants à visiter ! dit-elle en pouffant de rire. À bientôt !

Elle avait raccroché avant que Hob ne puisse ajouter un mot. Elle avait l'air d'une personne heureuse de vivre, cette Émilie, et cela lui changerait les idées. Bélazor était peut-être sympa mais son livre collait le bourdon : car sa grand-mère empoisonnait, quand même, toute sa famille, à petit feu. Pour le plaisir ! Et après, on dit que la vieillesse c'est la sagesse ! La méchanceté, oui ! Des meurtres gratuits, fruits d'élucubrations de vieux, Hob en avait rencontré deux fois dans sa carrière.

Les vieux lui firent penser au Chef et à sa référence au savant Cosinus. Comment s'appelait donc l'extraordinaire engin inventé par le dit savant ? Il ne pensait pas encore très clairement, le commissaire.

Hob fit un effort et prit une douche. Ensuite, il s'habilla lentement. Il téléphona pour se faire monter deux autres espressos et les quotidiens. Allongé sur son lit, il dégusta sa boisson favorite – cela passait bien mieux que la bistouille fabriquée avec Dieu sait quoi - et lut les journaux. Leurs unes étaient toujours occupées par les Tueurs Fous du Brabant. La presse croyait encore qu'ils étaient de retour. À moins que ce ne soit simplement le message que souhaitait faire passer Jablonski. Pour voir si les langues ne se délieraient pas un peu. Il jouait bien, le commissaire lillois. Dans une telle affaire, le temps pouvait maintenant être de son côté. Un membre déçu ou las de la bande, une maîtresse abandonnée, une mère qui ne voulait pas revoir son fils (ou sa fille) replonger dans le grand banditisme. Tout était possible.

Hob jeta un œil sur la page des restaurants, non pas par faim - il avait plutôt le cœur au bord des lèvres rien qu'à l'idée de faire un vrai repas – mais pour voir qui faisait de la publicité et comment. En bonne place figuraient les trois qu'il avait récemment fréquentés, celui du Niçois, le *Dormeur du Val*, annonçait même une baisse spectaculaire des prix. Un menu complet, entrée, plat du jour, fromage et dessert plus un verre de vin pour dix euros nets. Pas étonnant qu'il attire du monde et fasse des jaloux dans la profession.

Son portable sonna. Il le prit entre deux doigts comme s'il s'agissait d'un scorpion et regarda l'écran allumé. Ouf, ce n'était que Bélazor, l'auteur du polar. Si cela avait été le Chef, il n'aurait pas répondu. Il n'avait rien à dire au Chef, qui d'ailleurs ne s'était pas inquiété d'être resté sans nouvelles de lui pendant vingt-quatre heures.

- Oui, Eusèbe.

- Commissaire, comment allez-vous ?

- Bien, ça va, merci.

- Bien, bien ? Je veux dire, êtes-vous capable de tenir debout ?

- Évidemment, Bélazor ! J'espère que vous n'avez pas cru à toutes les sornettes qui se sont racontées sur moi à la PJ ?

- Non, bien sûr, commissaire ! Ce n'est pas la question, je voulais savoir si je pouvais venir vous prendre en voiture ?

- Oui ! Pour aller où ?

- Sur Wazemmes. Dans un entrepôt : il y a eu une fusillade, il y a moins d'une heure. Résultat des courses : deux morts, deux Chinois.

- Des Chinois ?

- Absolument ! J'étais sûr que cela vous intéresserait, commissaire. J'arrive !

Il n'y avait pas trente-six solutions : soit les Chinois s'étaient tués entre eux, soit on les avait éliminés en guise d'avertissement. Or, en France - et le commissaire était payé pour le savoir - la communauté chinoise était d'une grande discrétion. On ne la retrouvait jamais mêlée à tout ce qui faisait le charme du grand ou petit banditisme. Cela pouvait donc ressembler à une affaire interne, entre Chinois donc. Restait à savoir maintenant ce que contenait l'entrepôt. Et Hob aurait parié qu'il y trouverait des dizaines de gros cartons chargés de centaines et de centaines de petits sachets en plastique.

Il considéra un moment son portable qu'il n'avait pas sérieusement consulté depuis hiers. Personne n'avait laissé de message, mais son contact praguois, Véra Chytilova, avait envoyé un SMS bref :

Docs sur J. Myslbek postés par e- mail.

Hob pouvait toujours compter sur Vera, et c'était plutôt rassurant. Il enfila son pardessus, s'enveloppa dans une grosse écharpe et descendit attendre Bélazor dans le hall de l'hôtel. Mal lui en pris, car la patronne lui passa un savon de première classe. Pas question qu'il sorte ainsi sans se reposer ! Il la calma de son mieux et souhaita que le futur Simenon arrivât vite.

CHAPITRE 7.
Ça y est ! Hob venait de retrouver le nom de l'engin inventé par le savant Cosinus.

Ça y est ! Hob venait de rctrouver le nom de l'engin inventé par le savant Cosinus. Il se sentit rassuré : sa mémoire n'était donc pas encore touchée ni détruite par l'infâme bistouille. Il voulait absolument s'en souvenir car c'était, pour lui, un véritable test. L'invention se nommait :

l´anémélectroreculpédalicoupeventombrosoparacloucycle ! Ce qui lui valait d'être bien plus long avec ses cinquante et une lettres que le fameux " anticonstitutionnellement " dont on lui rebattait les oreilles depuis l'école secondaire. Certes, mais qui lisait encore le savant Cosinus de nos jours ? Le Chef aussi s'étonnait toujours, au cours de ses parties de 421, que personne ne se souvienne de Geneviève Tabouis, la fameuse journaliste politique, qui commençait, chaque fois, ses chroniques radiophoniques par un retentissant " Attendez-vous à savoir que ! "

Bélazor klaxonna aussi discrètement que possible, se gara en double file, mit son signal de détresse. Bref, il tenta de ne pas trop bafouer la loi qu'il était censé faire respecter.

Hob sauta dans la voiture aussi prestement que sa condition lui permettait. Ce ne fut donc pas un numéro de cascadeur, mais plutôt celui d'un petit vieux qui prend difficilement place dans un véhicule, mal conçu pour cela.

- C'est loin ? demanda Hob tout en s'enveloppant dans son pardessus.

Malgré la chaleur de la voiture, il grelottait. La bistouille avait fait des ravages sur son système circulatoire.

- Pas vraiment ! Wazemmes est un quartier de Lille. Comment dire ? Un peu au sud, enfin je ne sais pas trop comment vous l'expliquer. Tenez ! Prenez plutôt la carte qui est dans la boîte à gants, oui, là devant. Vous voyez la station de métro *Wazemmes*, on va juste à côté.

La circulation était d'autant plus dense qu'il pleuvait. Mais ils arrivèrent en moins d'une demi-heure à leur destination, ce qui était sans doute une sorte de record, car Bélazor avait conduit avec prudence et respect du code de la route. Voiture banalisée égale comportement discret, avait-il expliqué au Parisien.

- Vous comprenez, commissaire, on gâche le métier en collant le gyrophare et en faisant hurler la sirène sur une voiture de civils. Il y a des petits malins qui relevent nos immatriculations et ensuite, macache pour les surveillances et la discrétion ! Il n'y a que dans les films à la télé où l'on voit qu'on change les plaques comme ça, pour un oui, pour un non ! Nous, si on veut faire cela, faut remplir tellement de formulaires que les voyous sont déjà en Belgique avant que l'encre soit sèche !

- C'est à combien d'ici la Belgique ?

- Environ dix kilomètres.

Ils étaient arrivés ; grâce à un créneau de rêve, Bélazor gara la Peugeot 204. Cherchait-il à impressionner le commissaire ? En tout cas, il s'était muni d'un large parapluie noir, modèle enterrement dans les campagnes de la France profonde, qui fut bien utile pour rejoindre l'entrée de l'entrepôt. Ça grouillait pas mal là : voitures de police, fourgons de pompiers, ambulances, beaucoup de gens s'agitaient dans tous les sens. Les flics avaient mis leurs brassards rouges avec *Police* sur fond noir. Heureusement, sinon on les aurait confondu avec les badauds qui se pressaient contre le fragile ruban de plastique qui était censé interdire le périmètre réservé aux forces de sécurité.

Après avoir montré patte blanche, les deux hommes pénètrent dans le hangar. Le plafond était assez haut et éclairé par une verrière qui avait connu des jours meilleurs. Par endroits, la pluie gouttait au travers des vitres cassées et sales. Les deux Chinois - ou plus exactement ce qu'il en restait - étaient affalés sur de gros cartons imbibés de leur sang.

- Du boulot de pro ! commenta le médecin légiste de service. Aucune chance de s'en tirer, si j'ose dire. (Encore un marrant, celui-là. C'est fou ce qu'il y a comme humour débridé dans la police). Calibre 11.43 sans doute, le gros modèle préféré du grand banditisme. Vous constatez aisément que l'on a vidé, au moins, six balles dans chacun des corps. C'est une estimation, vu l'état des cadavres.

Non seulement il faisait dans l'humour, le praticien, mais il maniait aussi la litote avec talent. Car la formule “ état des cadavres ” cachait mal la réalité. Les corps étaient déchiquetés et ressemblaient à ces mannequins ensanglantés des films de Sam Peckinpah. Pour faire bonne mesure, le toubib en rajouta une louche :

- 11.43, mais pas du nature. De la balle dum-dum. Bien ciselée. D'où le beau résultat que vous voyez.

En effet, les balles dum-dum avaient éclaté en rentrant dans les chairs, faisant exploser celles-ci. Les deux Chinois étaient méconnaissables. Ce que les tueurs avaient sans aucun doute souhaité. Ainsi, la police aurait le plus grand mal à les identifier. Hob savait, par expérience, que de prendre leurs empreintes ne servait à rien.

Il s'écarta du petit groupe penché sur les restes des Asiatiques pour jeter un œil dans le hangar et dans les cartons. Tous étaient écrits en chinois. Hob ne résista pas à sa curiosité, il sortit un petit couteau suisse de sa poche – un de ceux qui n'avaient pas été confisqués par les compagnies aériennes – et découpa soigneusement le dessus de plusieurs gros ballots.

Sa déception fut grande : les quatre premiers ne contenaient aucun petit sachet de nourriture lyophilisée. Par contre, il trouva des poupées habillées de vêtements flamboyants, des passoires en aluminium plutôt léger, des casseroles émaillées et des pistolets pour enfants, en plastique. Hob regarda autour de lui : le hangar faisait bien cinquante mètres de long sur dix de large et il était plein. Par endroits, les cartons atteignaient la hauteur de deux mètres, tenant en équilibre par la simple loi de la gravitation terrestre. Il n'était pas géré suivant les normes de sécurité. Ici, les Chinois faisaient vite et bien pour pas cher.

Il tourna la tête pour voir s'il apercevait ce qui aurait pu servir de bureau, afin d'y trouver un semblant de traces écrites : bons de commande ou de livraison, bordereaux douaniers, etc. Il n'y avait rien de la sorte. Ici, tout transitait discrètement, sans le moindre bout de papier. Le commerce dans sa plus grande simplicité et efficacité.

Il revint vers Bélazor qui, fasciné, observait les cadavres. “ Il ne va quand même pas prendre des notes ” pensa Hob.

- Bélazor, pouvez-me ramener à la PJ, s'il vous plaît ?

- À vos ordres, commissaire !

Dans la voiture, le jeune flic posa quelques questions pointues à Hob. Cherchait-il à prouver qu'il s'intéressait vraiment à l'enquête ? En tout cas, il eut le bon goût, ce que Hob apprécia beaucoup, de ne pas parler de son polar.

Une fois dans son bureau du boulevard de la Liberté, Hob commença par s'offrir un espresso. Il était transi. L'odeur du café le remit presque d'aplomb. Il sirota doucement le liquide noir qu'il aimait tant. Il avait du pain sur la planche, le commissaire, et aurait bien voulu se mettre à jour au plus vite, mais ses forces le trahissaient un peu. Quelle saloperie avait servi à fabriquer la bistouille ? Il allait sans doute le savoir dans les rapports qui s'empilaient sur son bureau.

Il préféra commencer par son courrier électronique. Ce n'était pas une mince affaire que de retrouver les mèls sérieux dans ce fatras de publicités toutes aussi incongrues les unes que les autres.

Il cherchait avant tout celui de Vera et celui du commissaire Duporc. Au bout de cinq minutes - ayant refusé d'acheter des bas antivarices, renoncé à de super prix de tombolas lointaines et envoyé à la poubelle une demande d'aide d'un Nigérian qui cherchait à distribuer sa fortune réalisée dans le pétrole - Hob trouva ce qu'il cherchait.

Vera Chytilova, son contact tchèque, ne se perdait jamais dans les détails : ses messages étaient des modèles de brièveté, mais toujours pertinents. Cela allait si peu avec le personnage, volontiers enjôleur, parfois vain et si féminin.

Des quelques lignes, il ressortait que le dénommé Josef Myslbek, oto-rhino-laryngologue praguois retrouvé marinant dans un étang de la Dombes deux ans auparavant, avait un passé des plus intéressants. Hob ne voulait pas savoir comment Vera s'y prenait pour avoir accès à de telles informations. Tout ce qu'il constatait, c'était que les fichiers de l'époque communiste n'avaient pas tous disparu. Et que même ceux considérés comme ultrasensibles pouvaient être consultés par certaines personnes. La période de transition, entre le communisme pur et dur et le capitalisme débridé, ouvrait une voie royale à une corruption discrète, mais efficace.

Or donc, le sieur Myslbek avait un passé, comme on disait dans la police autrefois.

Études honorables de médecine à Prague, d'ailleurs poursuivies à Moscou. Signe que les autorités du régime avaient investi en lui. La preuve, une fois de retour dans sa ville natale de Prague, il eut bien vite pignon sur rue, et commença à fournir pas mal d'informations à la police secrète locale, la *Státní Bezpecnost*. En échange, semble-t-il, il était autorisé – bien avant la chute de l'empire soviétique et de l'abandon de son contrôle sur les États satellites – à voyager un peu partout. Hob apprit ainsi que, dans l'enquête qui le concernait, Myslbeck était venu quatre fois, soi-disant, chasser dans les étangs de la Dombes. Hob n'en croyait pas un mot. Il lui fallait plus de renseignements sur les quatre autres trépassés. D'autant que, curieuse coïncidence – et nous avons vu qu'il n'aime pas les coïncidences, le commissaire – tous étaient originaires d'Europe centrale. Pour mémoire, il s'agissait d'un dentiste hongrois unijambiste, d'un ophtalmologue croate manchot, d'un professeur allemand de médecine tropicale, avec un pied-bot, et d'un ornithologue turc.

Muni des informations de Vera, Hob n'y voit, pour l'instant, pas beaucoup plus clair, si ce n'est que son intuition ne l'a pas trahi : cette concentration de “ chasseurs ” dans cet endroit de la France n'est pas naturelle, pas plus que leur mort d'ailleurs. Il faudrait chercher du côté politique et, il sait bien, le commissaire, que si cela penche trop de ce côté-là, la DGSE[9] viendra y fourrer son nom et lui piquer son enquête. Des anciens communistes, vous pensez si cela fait saliver nos maîtres-espions et anti-espions ! Nous n'en sommes pas encore là, puisque la PJ est toujours sur l'affaire grâce au Chef qui a réservé un de ses meilleurs commissaires divisionnaires, à savoir Hob.

Un coup bref à la porte et, avant même qu'il ne puisse répondre, Hob se trouva nez à nez avec un jeune planton.

- Ah, commissaire, excusez moi, mais vous prendrez bien un billet pour notre tombola de Noël ?

- Je vous dois ?

- Ce que voulez ! Chez nous c'est “ À votre bon cœur M'sieur-Dames ” !

Hob farfouilla dans son portefeuille, en sortit un billet de dix euros, ce qui lui donna droit à deux tickets qui furent inscrits à son nom. Le commissaire ne demanda même pas quel était le premier prix. Il avait l'habitude : à Paris, comme à Lyon, Marseille ou Saint-Flour, c'était toujours de la bouffe ou de la boisson. Le planton repartit tout joyeux et referma la porte avec beaucoup de douceur. Hob le remarqua car, dans cette profession, c'était plutôt rare.

Il aurait volontiers pris un autre espresso, le commissaire, mais il hésitait.

Il cliqua sur le dossier envoyé par le commissaire Duporc de Bourg-en-Bresse. Il s'agissait d'un résumé fort bien fait du rapport du labo P4 de Lyon, concernant la mort de Don Carlo. La présence de la bactérie mortelle *E.coli O157:H8* était confirmée. Les médecins soulignaient aussi que d'importantes mesures sanitaires seraient à prendre pour tous ceux qui avaient été en contact avec l'adjoint de Carlo Lévy, surtout après sa mort. Le restaurant de grenouilles *À la Cuisse légère* avait été fermé. Les analyses faites dans sa cuisine avaient aussi révélé que seule l'assiette de Don Carlo avait été infectée. Pour Hob, ce n'était plus une coïncidence, mais une preuve. Celle que la victime avait été choisie et “ terminée ” afin, sans doute, de ne plus travailler sur le virus de la grippe aviaire. Si tel était le cas, cela n'avait sûrement pas été une mince affaire que de s'introduire dans la cuisine pour “ polluer ” l'assiette visée. Ou alors il avait fallu soudoyer un gâte-sauce. Que d'enquêtes en perspective avant d'avoir, éventuellement, une réponse à toutes ces hypothèses !

Carlo Lévy ne se rendait pas compte que de hurler à tue-tête sa découverte à travers la planète et ses revues scientifiques équivalait à signer son arrêt de mort. Hob espérait que le Chef l'avait mis sous cloche celui-là, bouclé dans son labo P4, avec ration de quenelles et de gâteau de foies de volailles et une barrique de côtes-du-rhône si nécessaire. Tout, mais surtout pas en liberté ! Car on ne lui voulait pas que du bien au célèbre professeur. Si Lévy ne comprenait pas le message qu'apportait la mort de son adjoint, c'est qu'il était bouché à l'émeri. Qui, comme chacun sait, est une technique utilisée dans tous les labos scientifiques pour polir parfaitement les bouchons des fioles en verre, afin d'obtenir un maximum d'étanchéité. Enfin, c'est ainsi que l'on faisait autrefois quand l'expression est née.

La disparition soudaine et voulue de Don Carlo rappela au commissaire qu'il avait bien failli, lui aussi, passer de vie à trépas au cours des dernières trente-six heures. Il n'avait eu la vie sauve que grâce à sa solide constitution, héritée, nul doute, de son père le cracheur de feu. Il chercha dans sa boîte aux lettres électronique le rapport sur la bistouille qu'il avait avalée. Il ne le trouva pas et pour cause : à la PJ de Lille, il y avait encore des admirateurs de la Japy. Le dossier était coincé entre une autorisation d'absence pour raison médicale – ils ne perdaient pas le Nord dans le Nord ! (ah celle-là, il faudrait qu'il la resserve au Chef, qui apprécierait) – et une convocation à une séance de tir. À Paris, il avait réussi à échapper à cette corvée annuelle, mais pour une raison inconnue, une petite main, boulevard de la Liberté, avait fait du zèle et lui avait mis le grappin dessus. Il n'était pas question qu'il aille faire des cartons à Lille alors qu'il réussissait à ne pas en faire à Paris. Le médecin de Jab lui ferait un certificat. Pas celui de la PJ, qui avait décelé une grippe asiatique alors qu'il était empoisonné par l'alcool. D'ailleurs, les analyses faites après sa prise de sang le prouvaient clairement. Comme celles pratiquées sur les bouteilles de genièvre récupérées dans le bar.

Curieuse coïncidence, il était le seul, ce soir-là, à avoir bu de la bistouille. Personne n'était venu se plaindre de cet alcool frelaté ou personne n'était mort après en avoir siroté, on pouvait en déduire que dans ce bar chic, aucun client n'avait touché à la bistouille depuis des semaines !

Pour Hob, il n'y avait qu'une réponse à cela : non, il n'était pas visé, mais les factures du bar montraient que ses propriétaires avaient changé de fournisseurs la semaine d'avant. Les hommes de Jab étaient déjà chez eux, et le rapport serait là bientôt. Ce qui intriguait le commissaire parisien, c'était aussi les ingrédients découverts dans l'infâme bistouille. (Hob n'est pas très honnête là, car après tout, il l'a bien avalée sa boisson, sans rechigner). Hob se souvenait des explications de Jab concernant la fabrication du genièvre : très peu de petites graines bleues, beaucoup de blé, d'avoine et de malt. Là, ce qui l'avait empoisonné ne contenait rien de tout cela. La base était un alcool industriel de bois, bien classique. Le reste, une collection d'arômes chimiques plus ou moins bien dosés d'après les chimistes. Ah ! les arômes ! C'était la mort de la vraie cuisine, ça. Surtout les industriels, savants cocktails de produits de synthèse. Il avait lu tout cela dans son gros dossier sur l'agroalimentaire moderne et il n'était pas près de l'oublier. Restait à savoir si cette bistouille-là venait de la fabrique des petits Chinois de Lesquin, lequels - Hob lui ne l'oubliait pas – avaient été dénoncés.

Quelques coups discrets à sa porte le sortirent de ses réflexions. Jablonski passa la tête et demanda :

- En forme pour un bon déjeuner, Hob ?

- Non merci ! Désolé, mais je crois qu'il faudra attendre un peu ! répondit-il en souriant d'un air las.

- Je comprends, mais il faut cependant reprendre des forces. Je vous envoie notre brigadière-chef, elle n'a pas son pareil pour trouver les meilleurs sandwichs de la ville. À bientôt !

Et Jab disparut aussi vite qu'il était arrivé. Il ne s'était pas épanché sur les événements de la veille, ni sur ses diverses enquêtes en cours. D'ailleurs, Bélazor non plus, pourtant ce petit futé devait être au courant de tout ce qui se passait dans la Grande Maison.

Hob se replongea dans ses documents papiers. Tout n'était pas encore " dématérialisé ", loin de là. Il compulsa longuement un épais dossier contenant de très nombreux documents concernant le trafic des petits sachets chinois. Les indics étaient formels : toute la zone frontalière avec la Belgique était envahie. Du Pas-de-Calais jusqu'à la frontière allemande. De nombreux restaurateurs avouaient à demi-mot s'approvisionner chez des grossistes " sympas et pas chers ". Un des jeunes lieutenants avait eu l'excellente idée d'établir un tableau des différents plats servis par ces établissements.

Il ne faisait aucun doute que les menus étaient semblables, même si l'imagination délirante des chefs tentait de masquer le produit d'origine. La paupiette de veau ne risquait pas de se transformer en galantine de canard, mais cette dernière n'avait souvent jamais connu de palmipède au cours de sa fabrication. Hob compara avec la liste des sachets retrouvés dans le camion renversé sur l'autoroute. Cela correspondait parfaitement. Le commissaire parisien nota, avec intérêt, que pas moins de douze restaurants ou gargotes de la région servaient de l'aligot. Si ses souvenirs étaient bons, ce plat-là était un produit typiquement réservé au Massif central. Cela signifiait-il que les cuistots chinois avaient réussi à le lyophiliser, lui aussi ? Plus les jours passaient, et plus Hob voyait ses valeurs culinaires s'effondrer. Et cela l'affectait beaucoup. Autant que l'empoisonnement par la bistouille. Il fallait absolument qu'il trouve, rapidement, le moyen d'aller discuter avec Fettuccini, le patron du *Dormeur du Val*. Rien ne pouvait remplacer une bonne discussion avec un professionnel. D'ailleurs, Hob détestait les amateurs de tout poil. Lui, quand il avait mal aux dents, il allait chez le dentiste pas chez un plombier, lequel, pourtant, devait savoir faire des plombages !

Il redressa la tête et vit Émilie Défêt. Il ne l'avait pas entendue rentrer dans son bureau.

Elle se tortilla un peu dans son uniforme et dit d'une voix basse :

- J'ai frappé plusieurs fois, et comme cela ne répondait pas…

- Aucun problème ! Asseyez-vous, je vous en prie ! J'étais plongé dans mes dossiers.

- Le patron m'a dit que vous vouliez des sandwichs. À quoi exactement ?

- Je vous avoue que, pour l'instant, je préfère ne rien prendre. Je me réserve pour ce soir, dit Hob en souriant.

- Certes, commissaire, mais c'est loin ce soir, et il faut vous remettre d'aplomb.

Ils étaient charmants, tous ces Nordistes, à prendre ainsi soin de sa santé. C'était bien la première fois de sa vie adulte qu'on le dorlotait autant.

- Émilie, c'est très gentil, je vous remercie, mais je ne prendrai rien de solide d'ici ce soir. Au fait, vous travaillez sur quoi en ce moment ?

- Sur la même chose que vous commissaire : la mafia chinoise et ses produits douteux.

- Je vois, vous vous occupez de quelle piste en particulier ?

Pour la première fois, Hob regarda vraiment la jeune femme qui se trouvait devant lui. Elle avait sa taille à peu près bien proportionnée, des yeux verts, blonde avec de longs cheveux qui lui tombaient sur les épaules. Des lentilles de contact, pensa-t-il. Car cette intensité de vert ne se trouvait pas vraiment dans la nature, et encore moins chez les bipèdes de la race humaine. Il chercha quelques minutes avant de lui donner un âge – pendant ce temps-là, la brigadière-chef faisait de son mieux pour répondre à la question posée par son supérieur -, ce n'était pas évident. Il y avait de la jeunesse dans le sourire, mais de la maturité dans le visage et le comportement. Il opta pour trente-cinq ans. De toute façon, il lui était facile de consulter les fiches du personnel dans la maison. Pas d'alliance non plus, mais de nos jours cela ne signifiait plus rien.

- Très bien, parfait, excellent ! dit Hob qui n'avait rien écouté, perdu qu'il était dans ses observations de la brigadière. Dites-moi, êtes-vous libre dans une heure environ ?

- Bien sûr, commissaire, le patron nous a dit de nous mettre à votre disposition.

- Alors, rendez-vous en bas, au garage. Vous me conduirez au *Dormeur du Val*, nous allons rendre visite à son patron. À tout à l'heure.

Fine mouche, Émilie Défêt comprit que l'entrevue était terminée et s'éclipsa. Hob composa le numéro du restaurant et demanda à parler au chef. Il dut attendre un peu, car l'homme de l'art (le Chef, celui de Hob bien sûr, aurait dit : l'homme de lard !) était au piano. Le commissaire n'avait jamais réussi à obtenir une définition satisfaisante de l'origine de ce mot. Il savait que cela faisait référence à la grande cuisinière utilisée par les chefs, mais il aurait bien aimé savoir pourquoi on l'appelait ainsi.

- Fettuccini à l'appareil.

- Bonjour, monsieur, ici le commissaire Hobzbizzeit de la PJ de Lille – Hob n'avait aucune envie de se lancer dans des explications complexes sur son détachement temporaire – me serait-il possible d'avoir une conversation amicale avec vous cet après-midi ? C'est assez urgent.

- Un problème chez moi, commissaire ?

- Non, pas du tout, ne vous inquiétez pas ! J'ai besoin de renseignements sur la cuisine, la restauration en général, comme j'ai bien déjeuné chez vous, je voulais en parler, voilà tout.

- Bien, bon, si vous insistez, commissaire, répondit le chef d'un ton las.

Le maître-queux n'avait pas l'air d'être convaincu par les

arguments de Hob.

Ce dernier était sûr, cependant, que tout irait mieux de vive voix. Et d'ici leur rencontre, il avait encore pas mal de dossiers à lire. Aussi se plongea-t-il dans leur lecture sans résister à un espresso, légèrement allongé.

A 15 h 15, Hob descendit au garage, Émilie Défêt l'attendait au volant d'une Peugeot break bordeaux. Il ne pleuvait plus, mais le vent du Nord s'était levé, transperçant les passants.

La brigadière-chef et le commissaire devisèrent tranquillement de tout et de rien. Ni l'un ni l'autre n'ayant visiblement envie de parler boulot. Cependant, Hob poursuivait ses pensées et demanda tout à trac alors que la jeune femme venait d'éviter un motard, candidat au suicide :

- Dites-moi, Émilie, êtes-vous aussi équipée d'un GPS portatif ? Vous savez, le machin qui sert d'agenda électronique .

- Commissaire, c'est un agenda effectivement qui sert aussi de GPS. Oui, bien sûr, j'en ai un, comme tous mes collègues qui sont sur le terrain.

- Eh bien, vous êtes en avance sur les Parisiens, car chez nous, personne n'en a. Je doute même que le Chef sache à quoi cela sert. Je vous avoue que, depuis que Jablonski m'en a fait prêter un, je n'ai pas encore trouvé le moyen de m'en servir. (Nous savons que Hob prêche le faux puisqu'il a déjà testé, au moins à deux reprises son GPS). Et vous, à quoi cela vous sert-il ?

- Je dois vous avouer qu'au début, je me posais un peu les mêmes questions que vous. Et puis, quand on a installé le wifi[10] à la PJ – Hob ne voulait pas paraître ignare, mais il ne savait pas ce que c'était, ce nouveau truc – cela a changé ma vie et celles de nos collègues. D'abord, on peut recevoir des imèls et y répondre, on peut même lire des rapports, quoiqu'il faille avoir de bons yeux et de la patience. Bref, on reste ainsi facilement en contact dans la PJ.

- Avec le téléphone aussi, ajouta, un peu moqueur le commissaire.

- Bien sûr, mais vous avez sous la main, par exemple, toutes vos adresses, vos numéros de téléphone, etc…

- Moi aussi, sur mes carnets !

- Oui, mais vous m'avez demandé l'intérêt du GPS. Johannès a dû vous expliquer cela ?

- Certes, mais je n'ai pas très bien compris. Rappelez-moi à quoi cela vous sert exactement ?

- Commissaire, vous avez dû vous rendre compte que Lille est immense, si grande que l'on ne sait jamais si l'on est dans Roubaix, Tourcoing ou même la Belgique.

- Je n'en doute pas, quoique je n'aie pas eu encore l'occasion de m'éloigner du centre ville.

- Quand vous êtes en pleine nuit, dans un de ces quartiers qui ressemblent comme deux gouttes d'eau à un autre quartier, qu'il pleut et qu'il faut aller à toute vitesse quelque part, ou revenir au plus vite à la PJ, je peux vous assurer qu'il est bien agréable de se laisser guider par une petite voix et des flèches.

- Et c'est fiable ?

- Assez oui, Johannes a dû vous montrer que cela ne fonctionne pas à l'intérieur des immeubles, mais j'ai testé, aucun problème près d'une fenêtre ou sous un Velux. En principe, les tunnels font un black-out, mais comme par miracle, dès que l'on sort, on retrouve le petit génie dans la machine. C'est mieux qu'une lampe d'Aladin !

- Je vois, mais quand je parlais de fiabilité, je voulais dire, est-ce précis ?

- Ceux que nous avons le sont à cinq mètres près, ce qui est largement suffisant. Je peux vous assurer, commissaire, que c'est plutôt rassurant d'avoir cela avec soi. Car demander son chemin, le soir, dans certains endroits ici, surtout quand on porte cet uniforme, ne vous garantit pas une réponse fiable!

Cela le laissa pensif, le commissaire. Comment avaient fait les flics avant cette invention ? Il voyait mal la police de proximité se diriger GPS en main à travers les HLM des quartiers “ difficiles ”.

- Et vous maniez bien tous ces chiffres avec les latitudes, longitudes et tout ça ? insista-t-il ?

- On s’y fait, croyez-moi. De plus, c’est une sécurité pour nous, car il y a des petits malins qui espionnent nos fréquences, toutes ne sont pas codées. Alors quand on diffuse sur les ondes, “ 50°38,22 N et 3°3,07 E ” comme adresse, les collègues la tapent sur leur pocket PC, et on les retrouve au bon endroit. Quant à ceux qui écoutent, je pense qu’ils n’ont pas encore saisi de quoi il retourne. Je ne me fais pas d’illusions, ils comprendront un jour ou l’autre. D’ici là, nos liaisons radios seront peut-être enfin totalement protégées des oreilles indiscrètes.

Hob resta silencieux, tandis que la brigadière-chef faisait de son mieux pour se frayer un chemin dans les embouteillages. Excédée, elle prit le gyrophare bleu dans la boîte à gants, ouvrit sa fenêtre et d’un geste rageur, le colla sur le toit. Mais elle s’abstint de mettre la sirène. Hob pensa qu’elle n’avait pas voulu l’indisposer, et elle eut bien raison.

À vrai dire, le gyrophare ne semblait pas trop impressionner les conducteurs lillois. Le commissaire, au cours de cette enquête, voyait la police sous un autre jour. Le GPS et la sécurité des officiers de police, c’était quand même loin des cadavres de la Dombes et de la grippe aviaire !

- C’était quoi déjà, les coordonnées que vous m’avez données tout à l’heure ? demanda-t-il tout en sortant son PDA/GPS.

- 50°38,22 N et 3°3,07 E répondit Émilie en souriant.

- Vous les connaissez par cœur, remarqua Hob. C’est chez vous ?

- Pas du tout, dit-elle en pouffant de rire et en freinant sec devant le *Dormeur du Val*. Allez-y, tapez-les, vous verrez bien.

Hob fronça les sourcils et fit de son mieux pour rentrer les chiffres dans le programme du GPS. En quelques secondes apparut la carte détaillée de Lille et une petite croix se mit à clignoter sur le boulevard de la Liberté.

- Vous m'avez bien fait marcher, dit-il, c'est la PJ, n'est-ce pas ?

- Exact, commissaire ! Vous voyez, vous devenez un pro du GPS !

Hob sourit, mais n'en pensa pas moins. Il se voyait mal retranscrire tous ces chiffres chaque fois qu'un de ses collègues lillois allait lui communiquer une adresse. Ce machin électronique ne l'avait pas franchement convaincu.

- Vous voulez que je vienne avec vous ou pas ? demanda la jeune femme.

- Bien sûr ! Plus on est de fous, plus on rit, vous savez bien.

La brigadière-chef utilisa donc sa prérogative d'être de la police pour laisser le break Peugeot, muni de son gyrophare allumé, juste devant le restaurant. La voiture gênait un peu la circulation dans la rue assez étroite, ce qui provoqua la colère d'un automobiliste, qui se mit à klaxonner furieusement.

CHAPITRE 8.
Dire que Fettuccini était heureux de voir Hob serait mentir.

Dire que Fettuccini était heureux de voir Hob serait mentir. Le patron du *Dormeur du Val* avait l'air soucieux et accueillit le commissaire dans sa tenue blanche, les mains sur les hanches. La présence de la brigadière-chef, en uniforme, n'arrangeait rien. Il était évident que le restaurateur prenait cela pour une descente de police en bonne et due forme et non pour un entretien amical, comme l'avait précisé Hob.

La conversation s'engagea assez mal. Fettuccini, dont l'accent du Midi semblait véritable, ne proposa même pas aux deux policiers de s'asseoir, et c'est debout qu'ils discutèrent.

Hob tenta, à plusieurs reprises, de lui faire comprendre que sa visite n'avait rien d'officiel et qu'il n'était pas là pour lui reprocher quoi que ce soit. Mais l'autre était sur la défensive.

- Je sais, c'est encore une dénonciation ! J'en ai marre de tous ces gens qui ne sont pas foutus de faire de la bonne bouffe pas chère.

- Écoutez-moi, Fettuccini, il n'y a aucune dénonciation. Au contraire, si je suis venu dîner chez vous, c'est sur recommandation, et on ne dit que du bien de votre restaurant. Je suis là parce que je veux que vous m'aidiez. J'ai besoin de renseignements que seul le professionnel que vous êtes peut me donner.

Le chef ne répondit rien. Il regarda un de ses aides venu le rejoindre de la cuisine dans la salle, déserte à cette heure-là.

Hob reprit :

- Vous n'êtes pas sans savoir que nous sommes sur la piste de trafiquants de sachets de plats précuits ou lyophilisés. On en parle dans toute la région et dans tous les restos !

- Chez moi, il n'y a pas de trafic, comme vous dites ! Tout est légal ! Vous pouvez vérifier !

- Je sais, Fettuccini, nous l'avons déjà fait, et c'est pourquoi nous sommes chez vous. Voyez-vous, vos prix bas font jaser. Bien sûr, on vous accuse d'acheter des produits pas chers, comme certains petits sachets vendus par des Asiatiques . Vous voyez où je veux en venir ?

- De toute façon, je ne balancerai personne !

- Fettucccini, vous n'y êtes pas du tout, et on ne vous demande pas de balancer qui que ce soit. Je suis venu pour que vous m'expliquiez cette folie, ou cette mode, du sachet plastique.

Le chef parut se détendre un peu.Il jeta un coup d'œil à son adjoint, tira une chaise et s'assit. Hob et Emilie en firent autant. Fettuccini se gratta la tête, puis dit d'une voix un peu lasse :

- Vous savez, commissaire, il n'y a rien de nouveau là-dedans. C'est vrai qu'on va pas se fatiguer à faire un fond de veau alors que ça existe tout prêt, lyophilisé. Qu'un peu de poudre de champignons rehausse un plat aux champignons justement ? Ce sont des produits naturels tout prêts, rien de plus. Vous imaginez bien que le client, dans mon établissement, il ne va pas attendre une heure pour que je lui fasse son plat ! Je lui fais son carré d'agneau au basilic, accompagné d'une poêlée sylvestre en moins de vingt minutes, et, croyez-moi, il trouve déjà que c'est long !

- C'est exactement ce que je voulais que vous m'expliquiez ! Comment faites-vous pour que cela soit bon et rapide ?

- Ben, des sachets en plastique ! Pas compliqué. Prenez le carré d'agneau dont je vous parlais. Ces sachets sont sous vide, on les plonge dans l'eau bouillante. Pendant ce temps, on décongèle à la poêle des petits oignons ciselés. Ensuite, on mouille avec un demi-litre d'eau du jus d'agneau déshydraté que l'on lie à un roux brun, en boîte lui aussi. Vous ajoutez sel, poivre et une pincée de basilic congelé. Puis on réchauffe les champignons, congelés eux aussi. Et vous servez bien chaud ! Tout est bon là-dedans, et il n'y a rien de chimique. C'est pratique pour nous, rapide et délicieux pour le client qui apprécie et qui trouve cela bon, aussi, pour son porte-monnaie. Où est le problème ?

- Aucun pour moi ! Sinon que je regrette un peu la vieille méthode classique, mais je dois reconnaître que le facteur temps est décisif pour vous, ainsi que la nécessité de ne rien perdre. Tout ce qui est en boîte, en poudre et sous vide, se conserve, je le comprends. Là où je ne suis pas tout à fait sûr de vous suivre, c'est sur l'aspect naturel, dirons-nous.

- Commissaire, faut pas jouer les naïfs ! Dans l'agroalimentaire c'est comme partout, il y a du bon et du mauvais. Je peux acheter de très bons morceaux de viande sous vide et un fond de veau totalement synthétique. Ou des morceaux de barbaque dont je préfère ne pas connaître l'origine, toujours sous vide. Dans votre assiette, vous me direz que c'est délicieux et fondant. La cuisson sous vide attendrit les pires morceaux de viande, et rapidement. D'où les bas prix. Vous rajoutez là-dessus une sauce toute faite, en sachet aussi, et voilà ! Le tour est joué, et cela ne vous coûte pas les dix euros de mon menu. Mais moi, commissaire, je ne rentre pas dans ces combines. J'achète, chez des grossistes connus, des produits sérieux et honnêtes, que nous appelons dans notre jargon des “ semi-finis ”. Pas des sachets sans étiquette et qui viennent de Chine. Oh, je sais que cela existe ! Mais vous pouvez fouiller chez moi, vous n'en trouverez pas !

Il avait l'air fort vexé, Fettucccini, que le policier ait mis en doute ses qualités et talents de cuisinier.

- Fettuccini, je vous ai dit que je vous croyais, on ne va pas revenir là-dessus, reprit Hob, qui jeta un coup d'œil discret sur Èmilie Défêt.

Elle se tenait à côté de lui, bien droite, les mains sur les genoux, attentive et surtout discrète. Elle n'avait pas mis son grain de sel – comme aurait dit le Chef – dans la conversation et rien que pour cela, l'estime de Hob envers sa collègue augmenta considérablement.

Le commissaire continua :

- Donc, vous me confirmez que tous les restos de votre catégorie, ainsi que les bistrots, utilisent des sachets ?

- Tous, évidemment ! Vous pensez peut-être que la daurade ou le saumon sont gratuits ? Le porc est la seule viande pas chère, tout le reste c'est hors de prix, alors on achète des plats pré-préparés si vous voulez. Du pré-cuit de façon industrielle que nous aménageons au goût des clients et à notre fantaisie. Et je vous le répète, on peut faire du bon tout le temps. Quand je dis bon, c'est ce que le client pense. Mais moi, je ne mangerais pas dans certains endroits gibier, volaille ou bourguignon, croyez-moi !

- Parfait, c'est tout ce que je voulais savoir, conclut Hob en se levant. Je vous remercie de votre aide. Je me permettrai, éventuellement, de vous recontacter. Pour le travail, mais aussi pour le plaisir de voir votre cuisine. J'adore visiter les cuisines de restaurants.

- Vous savez, commissaire, découper des sachets en plastique cela n'a rien de fascinant !

- Je sais, mais on peut penser qu'il reste un brin de fantaisie et d'imagination dans une cuisine !

Fettuccini ne répondit pas, la brigadière-chef était déjà debout. Le patron niçois s'avança pour serrer la main de Hob, ce qui surprit ce dernier, car il ne s'attendait pas à cela. Il eut l'air un peu gauche quand il tendit la sienne.

Une fois dans la voiture, dont le gyrophare continuait

inlassablement de clignoter, Émilie ouvrit la bouche pour dire :

- Si je peux me permettre, commissaire, vous n'y allez pas par quatre chemins dans vos enquêtes !

C'était dit sur un ton plutôt admiratif. Hob ne répondit pas et resta pensif jusqu'au retour à la PJ. En descendant de voiture, il dit alors :

- Excusez-moi, Emilie, mais je réfléchissais.

- J'ai bien vu, commissaire, c'est pour cela que je n'ai rien dit. Au fait, vous n'avez pas faim ? Vous avez parlé de nourriture tout l'après-midi, ct jc suppose que vous n'avez rien avalé depuis ce matin ?

- Exact, Émilie ! Disons que, pour l'instant, je purifie mon système, dit–il en riant et en remontant dans son bureau. En posant le pied sur la première marche des escaliers, il se retourna et lança à la jeune femme :

- Merci, Émilie.

La brigadière-chef lui fit un sourire et disparut dans les couloirs.

À peine Hob avait-il franchi la porte de son bureau que le Chef l'appela sur son portable. Il hésita un instant avant de lui répondre puis se décida à l'écouter :

- Hob ! Nom de dieu ! Où étiez-vous ? je cherche à vous joindre depuis une heure au moins.

Inutile d'argumenter avec le Chef. Il était de mauvais poil, et ce qui allait suivre lui expliquerait pourquoi. D'expérience, Hob savait que c'était la façon du Chef d'annoncer les très mauvaises nouvelles.

- Hob ? Vous m'entendez ?

Il hurlait, le Chef. Les nouvelles étaient donc pires que prévu.

- Oui, Chef, allez-y !

- Carlo Lévy a disparu !

- Depuis quand ?

- Il est parti déjeuner et n'est jamais revenu à son labo. C'est sa secrétaire qui a donné l'alerte.

- Chef, vous avez contacté sa maîtresse ?

- Qu'est-ce que c'est que ce bordel ? lâcha le patron de Hob.

- Appelez le commissaire Duporc, à Berg-en-Brousse (Hob était sûr que, s'il prononçait Bourg-en-Bresse, son patron ne comprendrait pas. La preuve, il saisit tout de suite). Il vous donnera tous les détails, et mieux que moi. Merci, Chef, de la bonne nouvelle et tenez-moi au courant !

Il raccrocha avant d'entendre d'autres hurlements.

Pour une sale nouvelle, c'en était une ! D'ici à ce que le Chef lui demande d'aller dare-dare à Lyon, cela lui pendait au nez. Et il n'en était pas plus réjoui que cela.

Sur son bureau, Hob trouva encore des papiers et des dossiers. La forêt amazonienne avait sûrement diminué depuis son arrivée à Lille, à en juger par la quantité de pâte à papier qui était passée entre ses mains.

Le plus intéressant était le rapport complet du laboratoire scientifique sur les petits sachets en plastique des Chinois. Il n'y avait rien de plus que ce qu'on lui avait dit plus tôt au téléphone, si ce n'est que l'origine des viandes avait été trouvée : des bas morceaux d'ovins, de bovins et de volailles. Hob s'en doutait, surtout après ce que lui avait révélé Fettuccini. Son intuition lui disait que le restaurateur niçois disait vrai.

Hob n'eut pas le temps d'attaquer le reste de la pile de dossiers car le téléphone sonna. C'était Jablonskli.

- Hob, mon vieux, ah vous êtes là tant mieux ! Dites-moi, vous pouvez faire un saut dans mon bureau, tout de suite, s'il vous plaît !

Il y avait donc urgence de ce côté-là aussi.

Quelques instants plus tard, Hob se retrouvait dans le bureau du commissaire divisionnaire lillois. Il y avait là aussi Èmilie Défêt, deux autres policiers que Hob avait déjà aperçus et l'inénarrable adjoint de Jab, le dénommé Jenlain.

- Je vous ai convoqué, dit Jablonski, parce que nos indics nous annoncent un nouvel arrivage de petits sachets plastiques de nos amis chinois. Je propose donc de mobiliser un maximum d'hommes de plusieurs sections de la police nationale. Et demain matin, nous ferons une descente, en sélectionnant un certain nombre d'entrepôts, de hangars et d'usines qui appartiennent à des Asiatiques.

- N'oubliez pas les garde-meubles, commissaire ! Je peux vous assurer qu'on y planque de plus en plus de trucs, ces derniers temps !

Émilie Défêt venait d'intervenir et de façon fort astucieuse, car personne, pas même Hob n'y avait pensé.

- Excellent, Émilie ! Vous m'établirez une liste complète des garde-meubles de Lille-Roubaix-Tourcoing. Je suppose qu'ils sont une armée, on fera donc des choix stratégiques : j'opterai pour ceux qui sont à côté de la frontière belge et ceux qui se trouvent en rase campagne.

Jablonski regarda autour de lui puis demanda :

- D'autres suggestions ?

- Ce n'en est pas une commissaire, mais plutôt une remarque. En agissant ainsi, vous donnez un coup de pied dans la fourmilière. Je suppose que nous serons appuyés par nos collègues belges sur ce coup-là. Car je suis certain qu'il va y avoir du mouvement sur les frontières !

- Bien sûr, Hob, d'autant que la police belge est sur les dents avec cette affaire des Tueurs Fous. Nous aurons aussi le soutient de la PAF[11] et de nos amis douaniers. Vous êtes priés de vous équiper en conséquence.

- Vous voulez dire, commissaire, que l'on s'arme ? demanda Hob, sans aucune ironie.

- Exactement, cher collègue, et de préférence en mettant un gilet pare-balles. Dans ce genre d'opération, on peut s'attendre à tout. Rien d'autre ? Parfait, alors rendez-vous demain matin ici à 8 h. L'opération commencera à 8 h 30 précises et…

- En plein dans les embouteillages ! protesta Jenlain.

- Justement ! répliqua celui-ci, tous nos hommes seront en place, dès ce soir. Ils n'auront donc pas besoin de se déplacer. Par contre, ceux qui voudront s'enfuir en voiture auront quelques soucis ! À pied aussi d'ailleurs, car tous les endroits visités seront cernés. Maintenant, tous au boulot ! Ah! Hob, que diriez-vous de venir dîner ce soir à la maison, légèrement je suppose, ma femme serait ravie de vous rencontrer.

Hob n'hésita pas un seul instant et accepta avec plaisir.

La soirée dans la famille Jablonski fut un grand moment de détente pour le commissaire parisien. Son collègue lillois eut le bon goût de ne pas parler une seule fois boutique pendant la soirée. Et Madame Ada Jablonski (née Khimoutz) avait préparé un bouillon léger, du poulet froid, un peu de salade, du fromage et des fruits. Hob n'eut pas besoin de se forcer et goûta de tout avec plaisir. Par contre, il refusa le vin et ne but que de l'eau minérale. Ce qui prouvait, si besoin était, combien il avait été secoué par son empoisonnement à la bistouille. Au café, sur lequel il ne fit pas d'impasse, Jab lui montra avec plaisir son installation de télévision câblée. Question informations et multicultures, ici on n'était pas à Saint-Flour. Jablonski recevait aussi bien les télés britanniques, belges, hollandaises, allemandes, luxembourgeoises et françaises. Ils regardèrent ainsi le journal du soir de la RTBF[12] qui ouvrit sur le possible retour des Tueurs Fous du Brabant. Ce qui permit à Hob de saisir toute l'importance que ce fait divers avait dans cette région.

Après les infos, Hob s'excusa et se prépara à partir. Jablonski insista pour le ramener. Ce qui était aussi bien car Hob aurait dû prendre un taxi, incapable qu'il était de s'orienter dans cette métropole sans fin.

Sur la route du retour, le commissaire parisien remercia chaleureusement son collègue de son invitation. Cela avait été une agréable soirée après son “ incident de parcours ”, comme il nomma son aventure avec le genièvre frelaté. Lille lui plaisait bien, et il aurait souhaité la connaître mieux, mais pour l’instant, il devait finir son enquête et se contenter de n’en découvrir que l’aspect restauration. Jablonski le quitta en lui souhaitant une nuit paisible.

Hob retrouva sa chambre avec plaisir, d’autant que dehors le froid vif était revenu. Il prit une douche, se glissa dans son lit et tenta de se changer les idées avec *Madame Bovary*. Il avait bien du mal à se concentrer sur la pauvre Emma. Il gambergeait sur la disparition de Carlo Lévy. Pour lui, cela ne faisait aucun doute, le chercheur avait bel et bien disparu. Pas avec sa maîtresse, en tout cas. Étant donné sa vanité, Lévy ne s’était pas non plus caché. Il avait été probablement enlevé, tout comme on avait empoisonné son adjoint, Don Carlo. De ce côté-là, au moins, tout devenait clair, si l’on pouvait dire. En tout cas, il y avait un semblant de logique qui émergeait de ce fatras : deux des chercheurs qui travaillaient sur la grippe aviaire avaient été attaqués, l’un était mort, l’autre avait disparu. Pour Hob, ce n’était plus une de ces fameuses coïncidences auxquelles il ne croyait pas d’ailleurs. Le Chef, futé quand il le voulait, avait dû, à cette heure-là, prendre toute la mesure de cet acte. Et si c’était le cas, il avait tiré toutes les sonnettes d’alarme et ouvert tous les parapluies. Donc, Hob était persuadé qu’il apprendrait, dès le lendemain matin, que toute l’enquête était passée, en quelques minutes, dans les mains de la DGSE. Sans parler des ramifications qui allaient suivre, Interpol, etc.…

Cela ne le réjouissait guère. Il lui faudrait révéler ses conclusions et surtout certaines de ses sources. Comme Vera, par exemple. La disparition d’un savant comme Carlo Lévy était une affaire de taille qui secouerait le gouvernement. Hob pensait que l'on ne dormirait pas beaucoup cette nuit au ministère de l'Intérieur, ni à la présidence de la République. Quant au ministère de la Santé, il était un peu tard pour prendre des mesures, celles-ci auraient dû être prises dès que Lévy avait annoncé la découverte dont il était si fier.

Hob regarda l'heure. Déjà minuit. Dans moins de sept heures, il faudrait se lever et partir dans le froid pour cette opération nécessaire, mais pas forcément concluante.

La tactique du coup de pied dans la fourmilière était risquée. Jablonski n'avait pas beaucoup de marge de manœuvre. Sa hiérarchie devait le presser d'en finir avec cette histoire. Hob préférait ne pas envisager un échec. Il avait beaucoup d'estime pour son collègue lillois.

D'ordinaire, les relations d'Emma et d'Homais le fascinaient. Ce soir, il n'arrivait pas à s'y intéresser. Il faisait trop chaud dans sa chambre. Sur un coup de tête, il se rhabilla et descendit dans la rue où le froid vif lui rappela que l'hiver approchait. Il avait envie de marcher, pour penser ou pour oublier. Bref, une façon de s'éclaircir les idées. Il quitta la petite rue de son hôtel pour aller vers la Gare de Lille-Flandres. Près d'une gare, il y a toujours de l'animation. Au bout de la rue Faidherbe, il voyait briller les lumières des cafés, restaurants et autrs brasseries qui bordaient la place de la gare. Il coupa par une rue étroite et mal éclairée derrière une église. En quelques instants, il fut accosté plusieurs fois par des péripatéticiennes patentées qui proposaient un peu de chaleur contre espèces sonnantes et trébuchantes. Il refusa poliment et continua sa route. Il releva la tête pour regarder le parvis de l'église Saint-Maurice. Mais il ne la rabaissa pas. Elle s'abattit toute seule sur son pardessus. Il venait de recevoir un très violent coup sur la nuque, une de ces manchettes que l'on appelle vulgairement le coup du lapin.

Bien sûr, nous sommes mieux placés que lui dans cette situation. Hob ne se rend compte de rien, il est dans les vaps.

Assommé, affalé de tout son long par terre devant cette église mal éclairée. Nous voyons que les prostituées s'écartent rapidement au lieu de lui porter secours. Puis deux hommes le prennent l'un par les pieds, l'autre par les bras et le poussent ou le jettent dans une voiture qui vient d'arriver.

Quand on demandera aux rares témoins qui oseront participer à l'enquête de quelle couleur elle était, sa marque, son numéro d'immatriculation, les policiers n'obtiendront que des informations contradictoires, comme toujours.

Pour l'instant Hob fait de beaux rêves tandis qu'une douleur sourde gagne sa nuque et le haut de ses épaules. Le coup a été porté avec le tranchant de la main, par un pro. Avec juste ce qu'il faut de violence pour qu'il soit efficace, sans être mortel.

Un témoin rapportera, le lendemain soir, que le véhicule était reparti tous feux éteints et sans faire crisser ses pneus. “ Pas comme dans les films de gangsters ”, avait-il précisé pour bien montrer que lui savait comment cela se passait dans ce monde de truands. Quant à l'heure de l'aggression, toujours d'après les témoins, elle variait de 1 h 20 à 1 h 55 du matin. Doit-on préciser ici qu'aucune des belles de nuit qui ornaient les trottoirs, à cet endroit, ne s'étaient portées volontaire dans l'exercice citoyen du témoignage ? Les ennuis de ce genre, elles n'en voulaient pas. Mais n'anticipons pas et reprenons le fil du récit pour retrouver le commissaire assommé.

On le découvre maintenant, allongé sur un trottoir, dans une ruelle sombre et humide dans un quartier populaire. Des murs de briques sales forment le décor peu accueillant. Il doit s'agir d'usines désaffectées, de ces filatures qui ont nourri des générations d'ouvriers de la région. Aucune habitation à perte de vue. Dans le lointain, un lourd train de marchandises résonne dans une gare de triage. Dans le poste 3 d'aiguillage, une horloge numérique indique 02.20.46. Une précision qui plairait au Chef de Hob.

Pour être franc, à cet instant précis, le Chef s'en bat l'œil de ces détails bien aimés. Par deux fois, il a eu le ministre de l'Intérieur, en personne, au téléphone. Celui-là même à qui il avait donné la réplique, en direct, à la télé. Là, on n'amusait plus le bon peuple, et le ministre avait le ton d'un supérieur qui engueule son subordonné. Le ministre s'est déjà engueulé avec le Premier ministre, lequel a eu des mots avec le président de la République, ce dernier s'étant fait savonner par son épouse pour avoir travaillé trop tard dans la nuit.

On ne pense jamais à ces petits détails de la vie ordinaire qui viennent, tels les proverbiaux grains de sable, enrayer la belle machine bien rodée de la République et de ses institutions.

Or donc, le Chef non seulement n'a pas fermé l'œil, mais il est fort inquiet. Il cherche à joindre ses hommes au téléphone, et à deux exceptions, il les trouve. Lavardin a éteint son portable, et donc le Chef hurle dans sa messagerie. L'autre c'est Hob, bien sûr. Lui, son portable n'a pas de messagerie, ce qui est anormal. Quand le Chef s'énerve, tout le monde déguste. Aussi n'hésite-t-il pas à téléphoner à Jablonski, chez lui, à cette heure très matinale. Inutile de rapporter ici les paroles prononcées par son épouse, charmante et bien élévée. Disons simplement qu'elles sont assez proches de celles formulées par la légitime du président de la République. À un détail près, quand Madame Ada Jablonski, née Khimoutz, s'énerve, elle parle en polonais. Langue que vous ne comprenez pas et moi non plus, donc vous voyez qu'il n'est pas nécessaire d'en parler.

Revenons à Hob.

Il émerge lentement de son cirage. C'est le froid humide qui le ramène à la conscience. Son pantalon est trempé, il a perdu une chaussure (elle est restée dans la voiture de ses agresseurs). Son bras droit est coincé sous sa poitrine - il a été jeté face contre terre – et un objet dur lui rentre dans le poignet. Sa joue, éraflée, le brûle. Quant à sa nuque, elle est en feu. Sa première tentative pour se relever se solde par un échec. Tant bien que mal, il se redresse, voit les fameuses trente-six chandelles, s'asseoit et se masse inutilement le cou. Faire le point dans cet état n'est pas aisé. Même pour un policier chevronné comme Hob.

Il sait qu'il a été assommé. Cela doit être la seconde fois de sa carrière, car dans l'ensemble, il n'a pas trop eu à faire face à de l'action. Certes, c'est un policier de terrain, mais il ne fait pas dans la bagarre et le costaud, comme ses collègues de la BAC. Eux ne refusent jamais d'en découdre. Lui ne va jamais au devant des coups. Son métier ne le prédispose pas, d'ailleurs, à cela.

Il fait le tour de son anatomie mentalement et physiquement. Il a des écorchures sur les mains, la joue droite, mal à la nuque et au bras droit. En dehors de cela, tout semble fonctionner normalement. Il ne cherche pas encore à se remettre debout. Cela n'est pas nécessaire à ce stade. Il est assis sur son pardessus qui l'isole, un peu, du froid humide du trottoir. Hob n'y voit pas grand chose, mais cela n'a pas trop d'importance, pense-t-il. Il sent, confusément, qu'il se trouve dans un quartier qu'il ne connaît pas. Il commence par se faire les poches. À son grand étonnement, rien n'a disparu. Le commissaire n'a donc pas été attaqué par des voyous qui voulaient le dévaliser. S'il est encore en vie, c'est donc qu'on a voulu lui donner une leçon et qu'on l'a largué dans un endroit dont il aura du mal à s'extraire. C'est la loi du genre. Au moins, il ne se retrouve pas en train de flotter dans un des canaux du coin. Par ce temps glacial, il n'apprécierait pas du tout.

Il ne lui manque ni son portefeuille, qui semble, à première vue complet – en tout cas, sa carte de police est bien là – ni son portable. Quant à l'objet qui lui rentrait dans le poignet, il s'agit du PDA/GPS. Il rassemble ses idées et prépare son plan d'action. D'abord, vérifier le portable. Il ne s'allume pas.

Avec ces doigts gourds de froid, il a bien du mal, le commissaire, à l'ouvrir, à enlever la batterie et à la remettre. Puis, Hob fait une nouvelle tentative et, pour une fois, il est heureux de constater que le progrès peut avoir des aspects bénéfiques. Il peut, depuis son quartier perdu et glauque, demander de l'aide. Ce qu'il fait, immédiatement en appelant la PJ. Le planton de service le reconnaît et lui passe un supérieur.

C'est avec une certaine joie qu'il reconnaît au bout du fil la voix d'Émilie Défêt.

- Que faites-vous là ? demande-t-il, un peu interloqué de parler à la brigadière-chef.

- Je finis mon travail, vous savez la fameuse liste des garde-meubles. J'aurais mieux fait de me taire cet après-midi. Mais dites-moi, commissaire, est-ce bien raisonnable, dans votre état de venir prendre de mes nouvelles à cette heure-là ? Car je suppose que vous savez l'heure qu'il est ?

Hob hésite, il n'a pas vérifié si sa montre orne toujours son poignet gauche. Il pose un instant son portable, remonte sa manche et constate, avec soulagement, que la vieille montre suisse de son père n'a pas bougé. Elle fonctionne toujours et indique 2 h 35.

- Oui, je viens de constater qu'il est fort tard, je vous présente mes excuses, Émilie. Je vous appelle, car j'ai besoin de vous.

Il y a un long blanc au bout de la ligne, la brigadière-chef a du se méprendre sur le sens de la phrase et attend sans mot dire.

- J'ai été assommé près de la gare Lille-Flandres, puis transporté Dieu sait où..

- Zêtes blessé, commissaire ?

Cela lui a échappé à Émilie.

- Non, je ne crois pas, que des égratignures. Mais je serais très heureux si vous veniez me chercher pour me ramener à mon hôtel.

- Commissaire, ce sera avec plaisir, mais il me faut le nom de la rue, au moins.

Hob a réussi à se remettre debout, appuyé contre le mur de briques, il regarde autour de lui.

- Émilie, je n'en vois pas, il y a une longue rue bordée d'anciennes usines, je crois. Et j'entends des trains dans le lointain.

- C'est un peu maigre, commissaire. Dites-moi, avez-vous votre PDA/GPS sur vous, c'est le moment ou jamais ?

- Oui, j'ai l'engin, j'espère qu'il fonctionne. Un instant.

Hob extrait la chose de la poche intérieure de son veston, l'allume et soupire. La merveille de technologie s'allume. Elle n'est pas passée de vie à trépas dans les deux dernières heures mouvementées.

- C'est bon, Émilie.

- Vous activez le programme et vous vous mettez loin d'un mur, de préférence au bord du trottoir, et vous attendez quelques instants, normalement, vous allez être localisé, et une petite croix va apparaître sur la carte. Vous me direz alors le nom de la rue et voilà, je viens vous cherchez.

- C'est parti.

Scrutant son petit écran, Hob se déplaça vers le milieu de la rue. Il n'y avait aucune raison pour qu'un véhicule y débouche en trombe. Brusquement, l'image changea et un dédale de rues apparut sur la carte, avec, effectivement, une petite croix clignotante. Mais pour lire le nom de la rue c'était une autre paire de manches ! D'autant qu'il lui fallait plusieurs mains au commissaire, entre son téléphone portable et son PDA. Il posa donc le portable sur le rebord du trottoir, extirpa le minuscule stylet de plastique noir du boîtier de son agenda électronique, le laissa tomber par terre tant ses doigts étaient gourds. Il se retrouva à quatre pattes, le nez dans le caniveau pour retrouver sa petite baguette noire. Heureusement, il mit la main dessus facilement et, muni de cet instrument peu sophistiqué, réussit à grossir la carte affichée. Maintenant, il pouvait lire le nom de la rue.

- Émilie, c'est rue de la Malle-Poste. Vous savez où c'est ?

- Non, mais je vais trouver, nous avons le même logiciel sur nos ordinateurs ici. Voilà je tape et…ok, oui, je vois. Il me faudra une bonne demi-heure, avec la sirène, juste le temps de prendre au passage un toubib et j'arrive ! Ne bougez pas ! Car vous êtes en Belgique. Pas la peine de rameuter nos collègues !

- En Belgique ! Nous n'aurez pas de problème ?

- Non, je me débrouillerai !

- Pas de médecin, s'il vous plaît. Ça va, je vous assure. À bientôt ! Merci, Émilie !

- Comme vous voudrez commissaire. J'arrive, tenez bon !

Hob sourit et grimaça en même temps. Tenez bon ! Se tenir à quoi ? À la rampe ? Au bord du caniveau ? Au lampadaire absent ?

Assis sur le rebord du trottoir, regardant la fine pluie du Nord tomber, il reconnut que, parfois, le progrès et la technologie étaient utiles. Sans son machin GPS, il lui aurait fallu se traîner vers un peu de civilisation, trouver une cabine téléphonique en état avant de se faire récupérer. Il n'avait aucune notion où il se trouvait, peut-être pas très loin de la PJ, au-delà du canal de la Deûle. Une demi-heure, même à toute allure, cela ne représentait pas des dizaines de kilomètres. Si on l'avait déposé, sans douceur, en territoire étranger, c'était bien pour lui faire passer un message. Pas besoin d'avoir fait l'ENA, après Sciences Po, bien sûr, pour comprendre. On lui demandait de quitter l'enquête et les lieux. Pour l'instant, il n'avait qu'une seule envie : retrouver son lit après un bain brûlant. Et, éventuellement, un petit verre de cognac.

Émilie arriva dans une voiture banalisée et seule. Ni médecin ni collègue en tenue. Ce n'était pas très réglementaire, tout cela, mais Hob n'allait pas faire la fine bouche. Bien qu'encore sonné, il remarqua que l'on passsait la frontière sans être arrêté par qui que ce soit. Cela devait aider les trafiquants de tous poils et de toutes les couleurs.

À partir de là, et afin de respecter quelques instants de sa vie privée, nous dirons qu'il passa la nuit chez Émilie Défêt, qui prit fort bien soin de lui.

CHAPITRE 9.
Hob était-il présent, avec ses collègues, à la grande descente de police ?

Hob était-il présent, avec ses collègues, à la grande descente de police ? C'est la question que vous vous posez. Avant d'en arriver là, reprenons le cours des événements, mais au petit matin, puisque nous respectons la vie privée du commissaire divisionnaire.

On peut cependant dire, sans rien trahir, que la brigadière-chef fit le nécessaire pour s'assurer que son supérieur hiérarchique soit remis d'aplomb et puisse prendre un repos bien mérité. Et on peut aussi révéler que Hob s'est laissé faire sans rechigner. Et, à 6 h 30 du matin, le commissaire parisien avertit son collègue lillois de ses mésaventures de la soirée précédente. Jablonski n'eut pas l'air surpris et recommanda à Hob de se lever le pied, au moins la matinée. S'il se sentait mieux, il pourrait les rejoindre, vers 12 h 30, pour le débriefing boulevard de la Liberté. Hob le remercia et apprécia. Le Lillois lui attribua aussi Émilie Défêt comme garde du corps attitré. Hob refusa de son mieux. Cela lui paraissait ridicule !

- Mon vieux, elle manie le révolver mieux que quiconque à la PJ ! Vous serez entre de bonnes mains.

Son cou et ses épaules étaient encore endoloris malgré les massages vigoureux d'Émilie. Pendant que cette dernière rejoignait la PJ, pour le rendez-vous de 8 h fixé par son patron, Hob reçut, lui - chez la brigadière-chef, où il était encore – la visite d'un médecin de la police. Pas celui qui l'avait diagnostiqué porteur de la grippe. Un autre, spécialisé dans les soins des policiers blessés. D'une certaine façon, c'était bien le statut de Hob. Blessé, en service commandé, pourrions nous dire. Ne chipotons pas sur le fait qu'il ressortit de sa chambre d'hôtel pour prendre l'air et qu'il prit le mauvais raccourci en allant à la gare.

Il est évident qu'il était surveillé par ceux qui avaient voulu lui donner un avertissement mesuré, car il aurait pu se retrouver, dans cette zone industrielle, roué de coups, avec quelques côtes cassées ou pire. Ce ne fut pas le cas. On peut donc en tirer un certain nombre de conclusions, qui rejoignent d'ailleurs les siennes. Il réfléchit à tout cela pendant que le praticien l'auscultait sous toutes les coutures, sans rien trouver de particulier, d'ailleurs.

Hob pensait que ses agresseurs faisaient partie de la bande des Chinois, ceux qui déversaient, sur le nord de l'Europe des sachets de produits semi-finis, comme disait Fettuccini, ou ceux qui fabriquaient la bistouille de contrebande, à moins que cela ne fût un troisième groupe. Celui-là même qui avait refroidi les deux Chinois dans le hangar. Ce qui rappela au commissaire qu'il n'avait pas encore lu l'inventaire détaillé des marchandises retrouvées. Les balles dum-dum cela faisait un peu dépassé. Depuis belle lurette, dans l'Hexagone en tout cas, on ne se trucidait plus ainsi.

Le médecin avait fini de palper Hob et l'avait déclaré "bon pour le service", il faudrait juste surveiller qu'il n'ait pas de maux de tête. S'il le souhaitait, le commissaire pouvait aussi passer chez lui pour faire une ou deux radios de contrôle, mais c'était par précaution. Il n'avait rien de cassé ou de fêlé. Le praticien regarda attentivement les égratignures de Hob, sur le visage et les mains. Mais Émilie avait fait du bon boulot, et tout avait été parfaitement nettoyé et désinfecté. Elle n'avait pas un super diplôme de la Croix-Rouge pour rien.

Une fois le médecin parti, le commissaire vérifia l'heure. Les hommes de Jab devaient être en pleine action. Il se rhabilla en grimaçant. Enfiler seul sa chemise n'était pas évident, et il se surprit à souhaiter qu'Émilie fût là. Il se ravisa, cette jeune femme prenait trop vite une place dans sa vie. Après tout, ce n'était qu'une collègue qui l'avait tiré d'un mauvais pas. Et puis, Hob, le célibataire endurci, se souvint de ce que répétait le Chef à tue-tête : “ On se mélange pas dans le boulot ! Cela ne donne jamais de bons résultats ! ”

Le Chef ! Celui-là allait lui descendre sur le paletot – de façon métaphorique, bien sûr, et via un appel téléphonique – rapidement, Hob s'en doutait. Inutile de lui donner les détails de l'agression nocturne. Pour deux raisons : la première, il s'en battait l'œil ; la deuxième, le Chef en profiterait pour l'engueuler. Ce n'était pas que Hob craignît cela, il avait l'habitude des débordements verbaux du Chef, mais il avait mieux à faire au cours de la prochaine conversation.

Hob avait à peine terminé de faire, fort maladroitement d'ailleurs, son nœud de cravate que son portable sonna. Il jeta un rapide coup d'œil sur le petit écran illuminé : c'était bien le Chef.

Et dire, pensa rapidement le commissaire divisionnaire, que d'aucuns ornaient désormais leur portable des photos de leurs correspondants. Lui ne se voyait pas, d'abord en train de tirer le portrait du Chef, puis de le mettre dans la mémoire de son téléphone. L'entendre hurler dans l'appareil était largement suffisant, le voir en plus, n'était absolument pas nécessaire.

- Hob ?

Il pensait appeler qui, le Chef ? Sa concierge peut-être ?

- Oui, Chef ! J'écoute !

- Hob, Carlo Lévy a été retrouvé !

- Ah ! Enfin une bonne nouvelle, Chef !

- Z'avez tout faux, Hob. Très mauvaise nouvelle ! Il est dans les pattes de la DGSE ! Et vous savez ce que cela veut dire ?

- Que l'enquête sur les morts de la Dombes va nous échapper !

- Passé, Hob, le passé ! Nous a échappé.

- Alors que fais-je ?

- Rien ! Vous faites comme si de rien n'était, vous continuez ! On laisse les gars de Berg-en-Brousse et de Lyon se démerder avec la DGSE. Mais vous, vous poursuivez avec votre efficacité habituelle et vos chemins de traverse.

- Chef !

- Inutile de protester, je sais bien que vos méthodes ne sont pas toujours des plus orthodoxes, mais au moins, vous, vous obtenez des résultats. Et vous savez que je vous couvre. Alors, foncez !

Pour une fois, le Chef ne hurlait pas dans le téléphone, mais Hob sentait bien qu'il enrageait d'avoir eu à passer la main à la DGSE. Si on voulait perpétuer la guerre des polices, il fallait nommer le Chef au plus haut grade ! Lui saurait verser juste ce qu'il fallait d'huile pour attiser le feu, en permanence,.

- Hob, vous en êtes où exactement avec votre affaire de bistouille ? Car j'aimerais bien que vous rentriez au bercail le plus vite possible.

Le commissaire divisionnaire fit donc un rapport bref, mais complet, à son supérieur. Lequel grogna deux ou trois fois et raccrocha. Ce qui, dans les mœurs dudit Chef, signifiait que non seulement Hob avait carte blanche pour continuer son enquête sur les morts de la Dombes, mais aussi celle sur la bistouille.

Hob enfila son pardessus encore boueux de la veille, malgré les coups de brosse d'Émilie, et mit son unique chaussure dans un sac en plastique du *Furet du Nord*. Il avait constaté, avec plaisir, que la brigadière-chef ne lisait pas que des romans à l'eau de rose ou des polars de gare. Émilie lui avait préparé une paire de charentaises, presque à sa taille, et il n'avait pas eu la goujaterie de demander ce qu'elles faisaient chez elle. Il appela un taxi depuis son portable et se fit déposer à son hôtel. Se reposer un peu, devant un bon déjeuner – Émilie ne savait pas vraiment faire le café – et se changer lui feraient le plus grand bien.

L'accueil de la patronne de l'hôtel fut très chaleureux, trop peut-être ? Elle s'était fait un sang d'encre et était sur le point d'appeler la police.

- Mais cela aurait été ridicule, minauda-t-elle, vous êtes de la police, alors…

Hob détestait les gens qui laissaient leur phrase en suspens, tout comme ceux d'ailleurs qui finissaient les siennes. Il vit bien que la patronne jeta un coup d'oeil suspicieux sur la grande balafre qui ornait sa joue droite, mais il n'offrit aucune explication.

Une fois dans sa chambre, attablé devant un délicieux espresso – au moins ici, on savait les faire – et deux croissants frais, il fit le point. Question sachets et bistouille, il lui fallait attendre maintenant le résultat de la descente faite par Jablonski et ses hommes. Pour la Dombes, il devait recontacter Vera. Hob ne croyait pas à la télépathie, mais il fut surpris de constater l'arrivée d'un SMS, de Vera justement.

Docs envoyés sur e mail.

C'était toujours aussi concis, mais cela tombait à pic. Une fois changé et d'aplomb, il irait boulevard de la Liberté. Il n'avait pas donné de nouvelles instructions à la Franco-Tchèque, et si cette dernière avait pris des initiatives, c'était la preuve qu'il y avait du nouveau.

Un autre SMS arriva.

Tout se déroule comme prévu. Prenez soin de vous. Émilie.

C'était sympa de la part de la brigadière-chef, mais juste un peu trop familier, trop " collant " au goût du commissaire. Certes, il avait passé la nuit avec elle, suite à des circonstances particulières et indépendantes de sa volonté. Cela n'autorisait nullement sa collègue à le bombarder de billets doux électroniques ! Du moins, c'est ainsi qu'il voyait la situation.

Habillé de frais, et presque présentable – son égratignure de la joue droite était plus spectaculaire que douloureuse – il alla à pied boulevard de la Liberté. Ce n'était pas de la provocation envers ses agresseurs, qui devaient, bien sûr, toujours le surveiller, mais il avait envie de prendre l'air. D'autant qu'il faisait beau, froid et sec. Hob pensait qu'il ne craignait rien. On n'oserait pas l'attaquer en plein jour et si près de la PJ.

Une fois dans son bureau, il se fit d'abord un espresso et prit connaissance de ses e-mails. Il dut faire, comme toujours, le tri, pour retrouver ce qu'il cherchait. En l'occurrence, le mail de Vera.

Ce dernier était bref, mais dense. Vera avait sans doute été intriguée par le dossier de l'otho–rhino et avait poursuivi ses recherches. Une fiche de la police tchèque l'avait particulièrement intéressée : Myslbeck rencontrait, chaque année et en même temps, un dentiste hongrois unijambiste, un ophtalmologue croate manchot, un professeur de médecine tropicale allemand, avec un pied-bot et un ornithologue turc. Hob se frotta les yeux. Jusqu'à présent, rien n'avait permis d'affirmer que tout ce beau monde se connaissait, même si Hob en avait l'intuition. L'otho–rhino tchèque, à la solde de Moscou, les retrouvait lors de concerts donnés dans la villa où avait séjourné Mozart dans le quartier de Bertramka, à Prague. À moins d'une station de métro de chez Myslbeck.

Qu'ils aimassent la musique classique était leur affaire, qu'ils fussent tous membres du Parti communiste de leur pays, celle de Hob. Le plus intéressant de ses clients, c'était, sans nul doute, l'Allemand. Entendons-nous bien, de nos jours on dit " Allemand " en oubliant que ce beau pays fut divisé en deux.

Une partie étant sous le contrôle sévère de Moscou. Heureusement qu'il y a, aujourd'hui, une chancelière issue de l'ancienne Allemagne de l'Est pour nous le rappeler.

Or donc, l'Allemand était originaire de Chemnitz (ex Karl-Marx-Stadt et capitale de la fibre synthétique) même s'il avait, maintenant, une chaire à l'université réputée d'Heidelberg. Il voyageait beaucoup, le Herr Doktor Hans Vogelemuetz. Surtout dans tout le Moyen Orient, avec de longs séjours en Iran.

C'était passionnant, et Hob était sûr que la DGSE n'en savait pas autant que lui, pour l'instant. Il avait encore une longueur d'avance et il comptait bien la garder. Il renvoya aussitôt un mail à Vera, lui demandant de trouver tout ce qu'elle pouvait sur les cinq hommes. La récompense financière, même si elle venait de la poche du commissaire, serait princière.

Dans son courrier électronique, Hob trouva aussi un bref message de Lablonde, l'adjoint du commissaire Duporc de Bourg-en-Bresse. L'adjoint envoyait une série de liens sur Internet qui permettaient, affirmait-il, de constater grâce à de multiples webcams que la volaille de Bresse (AOC, cher collègue) se portait à merveille, bien qu'enfermée dans de vastes poulaillers. Par conscience professionnelle, Hob cliqua sur une adresse (www.ventresjaunes.com) et ne fut pas déçu : devant ses yeux, des centaines de volatiles s'ébattaient sous une lumière électrique aveuglante. En tout cas, les autorités avaient pris des mesures sanitaires draconiennes : tous les poulets du coin étaient rentrés. Aucun ne pourrait ainsi frayer avec des oiseaux migrateurs venus d'ailleurs. Lablonde insistait aussi sur le fait qu'il avait transmis la combine à des copains éleveurs dans la Sarthe et dans le Gers. Avec de telles mesures, le virus de la grippe aviaire n'avait qu'à bien se tenir. Ah mais ! En France, on n'avait pas de pétrole, ni de vaccin antigrippal aviaire, mais on avait des idées. La débrouillardise franchouillarde sauverait la France, à défaut de sauver le monde. Hob reconnaissait volontiers qu'il était plus facile d'équiper de webcams toutes les basses-cours françaises que de fabriquer des millions de doses d'un vaccin hypothétiquement performant. Il ne voyait pas, cependant, l'intérêt immédiat de ces petites caméras : une fois que l'éleveur avait repéré un cadavre, que faisait-il ? N'était-il pas trop tard ?

Hob laissa cette question en suspens et se plongea dans les nombreux dossiers papiers qui ornaient son bureau. Au moins vingt mètres carrés de la forêt amazonienne avaient disparu pour lui donner de la lecture, ce matin.

Il trouva enfin le rapport qu'il attendait avec impatience, celui sur la fouille dans l'entrepôt où les deux Chinois avaient volé en éclats. La liste était impressionnante, et on vous fera grâce des détails qui mettent tant le Chef en joie. Il suffit de dire que Hob émit un petit sifflement de satisfaction. À la page deux, il surligna avec plaisir un inventaire copieux – si l'on pouvait oser ce jeu de mot – de plats semi-finis en sachets de plastique. Il y en avait pour tous les goûts. Hélas, tout cela était parfaitement anonyme, et il était donc hors de question d'en trouver l'origine précise. Aucune date de fabrication, et encore moins de péremption, n'ornait les petits paquets. La mafia chinoise était futée, ce dont Hob n'avait jamais douté.

Si son intuition était toujours aussi bonne, le commissaire pensait que son collègue lillois, lors de sa grande perquisition, trouverait des tonnes de petits sachets. Il regarda sa montre, il n'y avait plus longtemps à attendre maintenant, car Jab avait précisé que le débriefing aurait lieu vers 12 h 30. De plus, Hob avait faim. Malgré les coups reçus la veille, son système digestif s'était remis à fonctionner normalement, et l'appétit était revenu. Il craignait cependant, qu'aujourd'hui, le menu ne soit composé que des fameux sandwichs procurés par Émilie. Il lui faudrait s'en contenter. Avec un peu de chance, il pourrait se rattraper lors du repas du soir, en visitant un des restaurants de la liste de Jablonski. Sans oublier d'inviter Bélazor. Avec Émilie ? Hum, pour l'instant, il n'en savait rien.

Il se replongea dans ses papiers, non sans oublier de se faire un espresso. Il avait à peine fini de remuer son sucre dans la tasse que Bélazor entra discrètement dans le bureau.

- Ah, excusez moi commissaire, j'ai frappé et…

- Je sais, je ne vous ai pas entendu. En fait, Hob n'avait pas prêté l'oreille à quoi que ce soit, et le brave Eusèbe avait peut-être cogné dur pendant quelques instants.

- Asseyez-vous. Je n'ai pas encore téléphoné à Paris, mais je vais le faire tout de suite. Le sourire de Bélazor fit plaisir à voir. Le commissaire connaissait bien quelqu'un qui jouait un peu les mouches du coche dans l'édition parisienne. Il ne le trouva pas et laissa un message en précisant bien de rappeler Eusèbe Bélazor au numéro que ce dernier lui communiqua. Le jeune policier le remercia profusément et disparut aussitôt et tout aussi discrètement qu'il était arrivé. Hob espérait que le futur Simenon aurait au moins une réponse.

Le commissaire reprit ses lectures peu réjouissantes.

Il était à peine midi quand le téléphone sonna. C'était Jablonski qui le conviait au débriefing dans la salle de réunion du deuxième étage. Quand Hob arriva, un sérieux brouhaha régnait bien qu'il n'y ait qu'une vingtaine de personnes. Le silence se fit quand le commissaire lillois prit la parole pour faire le point. Inutile de vous donner tous les détails techniques, les numéros et indicatifs de chaque équipe, etc.…

Ces détails passionnent le Chef, mais vous n'êtes pas le Chef, alors résumons.

Douze lieux visités ; des quantités considérables de cartons - contenant des sachets de nourriture lyophilisée à destination de la restauration - trouvés et confisqués ; quatre cuves en inox de bistouille – contenance moyenne mille litres chacune – placées sous scellés pour analyses ; arrestations de quatre

Européens et de six Chinois, dont aucun ne semblait ou voulait comprendre notre langue. Un interprète devait arriver en fin d'après-midi pour les inculpations.

Jab était content, il avait atteint son but et il félicita ses équipes. Du regard, Hob chercha Émilie. Il la trouva dans un coin, perchée sur un vieux radiateur en fonte. Quand elle le vit, elle lui adressa un petit sourire de connivence. Le commissaire lillois continua : le réseau n'était pas désorganisé, mais le coup de pied dans la fourmilière devait faire son effet. La preuve, il demanda cinq volontaires pour faire une autre perquisition à 17 h chez un gros bonnet chinois de Lille. Émilie leva la main. Jablonski donna les cordonnées du lieu ainsi : 50°39,62' N et 3°3,06'E. Soit latitude et longitude à entrer dans les GPS, ce que firent instantanément les volontaires pour la mission. Cette police moderne étonnait toujours Hob. Mais il se ne moquait plus de ce qu'il appelait autrefois le gadget. Celui-ci lui avait sauvé la vie.

Jab remercia encore ses hommes et leva la séance. Il vint directement vers Hob.

- Comment allez-vous, mon vieux ? Mieux, j'espère ? Il tendit une main chaleureuse et ferme.

- Ça va, je n'ai pas à me plaindre, plaisanta Hob. En tout cas, j'ai passé l'âge de ces plaisanteries nocturnes. Alors, vous êtes satisfait, Jab ?

- Pleinement ! Je ne pouvais attendre mieux. Voulez-vous être des nôtres à 17 h ?

- Pourquoi pas ? Cela me fera visiter votre belle ville, car, jusqu'à présent, je n'ai vraiment pas vu grand-chose de la " reine des citadelles " de Vauban.

- Patience, Hob, nous trouverons bien le moyen d'aller faire un tour un de ces soirs quand tout sera fini, et avant votre départ. Je suppose que le Chef vous réclame déjà ?

- Tout juste ! Il adore m'expédier en province, mais, dès que j'ai tourné les talons, il a hâte de me voir revenir !

- Rendez-vous au garage, vers 16 h 30.

- D'accord !

Le Lillois regagna rapidement son bureau. Émilie qui avait suivi la scène de loin, s'approcha alors du commissaire parisien.

- En forme ? demanda-t-elle avec un grand sourire.

- Disons que pour un homme de mon âge, après une nuit mouvementée, ça va, répondit Hob en riant. Et vous ?

- Après une courte nuit et une matinée fort active, moi aussi, ça va, dit-elle les yeux brillants. Vous serez des nôtres cet après-midi ?

- Bien sûr, je ne vais quand même pas tout rater ! lâcha Hob, faussement en colère. Dites-moi, Émilie, vous avez rentré, dans votre GPS, les coordonnées tout à l'heure, c'est à quelle adresse exactement ?

- Vous ne vous y faites pas à cette police moderne et technologique, répliqua la brigadière-chef, tout en sortant de sa poche l'engin en question. C'est très exactement 77 Rue du Général-Leclerc, à Saint-André-Lez-Lille. Ce n'est pas loin d'ici, de l'autre côté du canal de la Deûle.

- Encore un entrepôt ?

- Ah, commissaire, vous n'avez pas bien suivi les indications données il y a quelques instants. Nous allons chez un particulier.

- Pourquoi pas ! Bien, Émilie, j'ai souvenir que vous étiez la spécialiste du meilleur sandwich lillois. Vous les préparez dans votre bureau ?

- Cela me ferait plaisir, mais je doute que Jablonski apprécie ! Vous voulez quoi exactement ? Viande, poisson, moules, frites, ketchup ?

- Jambon à l'os, cornichons, pas de moutarde et pain de campagne. C'est possible ?

- Pour vous, commissaire, tout est possible ! répliqua-t-elle en partant.

Elle s'arrêta en haut de l'escalier et demanda : " Boisson " ?

- Bière bien fraîche, mais pas parfumée, une nature, bien amère.

Hob se surprit à dire : " On prendra le café chez moi ".

Décidemment, cette personne lui tournait la tête. Il remonta dans son bureau et se replongea dans ses dossiers.

Environ une demi-heure plus tard, Émilie réapparut chargée de sandwichs, qui, comme l'avait prédit Jablonski, étaient délicieux. La bière était à son goût, et Hob apprécia ce petit moment de détente et de complicité. Il se doutait bien que l'on ne manquerait pas de jaser boulevard de la Liberté sur ce déjeuner en tête-à-tête. Il était sûr que Jab n'avait pas ébruité son aventure de la nuit dernière. Il l'était moins en ce qui concernait la brigadière-chef.

- Merci, Émilie, dit Hob, en repoussant sa tasse d'espresso vide, il me faut travailler maintenant, et nous nous retrouverons au garage.

- Pour tout vous dire, commissaire, je ne suis pas en vacances non plus, et j'ai aussi de quoi me distraire, répondit la jeune femme rieuse.

Quand arriva l'heure de partir, Hob n'avait guère avancé dans le dépouillement de ses piles de dossiers. Sans compter que s'était glissée, là-dedans, une lettre des impôts qui lui posaient d'étranges questions concernant des frais professionnels dont il demandait le remboursement, suite à une mission en Bretagne, deux ans auparavant.

À l'heure dite, toute l'équipe de Jablonski était sur le pied de guerre. Émilie était armée jusqu'aux dents, deux revolvers à la ceinture, gilet pare-balles, le grand jeu quoi. En la voyant ainsi, Hob ne peut s'empêcher de lever les sourcils d'étonnement. Pour tout commentaire, elle lui sourit, mais monta avec le reste des hommes dans un break banalisé. Hob se retrouva avec Jab qui conduisait sa voiture personnelle. Le convoi se dirigea vers Saint-André-Lez-Lille en respectant scrupuleusement le code de la route. Le Lillois était silencieux, peut-être même soucieux.

Une fois au 77 de la rue du Général-Leclerc, Hob fut surpris de constater que l'endroit correspondait à une de ces enclaves résidentielles, protégées par une lourde porte automatique, contrôlée par radio. Les murs faisaient au moins deux mètres de haut, et l'endroit était truffé de caméras vidéo et de postes de gardiens. Jab dut décliner son identité avant de pouvoir entrer, suivi de ses hommes. Pour faire une perquisition surprise, c'était raté. D'autant que ce genre de lieu devait posséder une autre sortie/entrée ailleurs. Cela laissait le temps au gibier recherché de prendre la fuite. En quelques minutes, et toujours grâce à son GPS, le Lillois avait localisé la villa qu'il recherchait, car c'était un vrai dédale de petites rues calmes, cette résidence sous haute surveillance.

Émilie n'eut pas besoin de montrer ses talents, le gros bonnet chinois ouvrit lui-même la porte de son domicile et fit rentrer, courtoisement, tous les policiers. Ils s'entassèrent, un peu gauches, dans la vaste entrée. Jab lut son papier, le donna au Chinois, qui fit semblant de le parcourir à son tour, avant de le passer à un de ses acolytes, visiblement un avocat, qui l'éplucha longuement. Tout cela dans un grand silence embarrassé. Le second Chinois secoua la tête vers celui qui avait ouvert la porte, qui se tourna vers Jab et dit :

- Allez y, commissaire, faites votre travail.

Il n'avait ni l'air soucieux ni perturbé. Visiblement, il avait vécu des situations plus délicates dans sa vie, qui devait déjà être fort longue, quoiqu'il soit assez difficile de lui donner un âge précis. Pour Hob, il devait avoir la cinquantaine.

Jab et ses hommes se mirent à fouiller la maison, avec méthode, d'abord le premier étage, puis le rez de chaussée et enfin la cave. Pendant tout ce temps, Émilie resta avec les deux Chinois tandis que Hob s'était assis dans le salon. Il avait accompagné Jab ou Émilie ? Il ne savait plus très bien, mais il se rendait parfaitement compte que sa place n'était pas ici. Cette perquisition en bonne et due forme ne ferait pas avancer son enquête, et il avait encore du pain sur la planche avant de rentrer à Paris. Affalé dans son fauteuil, Hob eut ce que l'on appelle un coup de pompe. Il faillit même s'endormir. Ce qui le rappela à l'ordre, pour ainsi dire, c'est quand son menton alla toucher sa poitrine. Une vive douleur lui traversa la nuque et le réveilla brusquement. Il n'était pas encore si guéri que cela, le commissaire, qui jouait un peu au fanfaron. Pour épater Émilie ?

Hob reconnaissait, presque à contrecoeur, que le Chef avait raison avec sa formule à l'emporte-pièce “On se mélange pas dans le boulot ! Cela ne donne jamais de bons résultats ! ”. Le commissaire parisien commençait à le comprendre, d'autant plus qu'il n'était pas coutumier de ces petites aventures sans lendemain lors de ses expéditions en province. Sans lendemain ? Qu'en savait-il ? Il était très perturbé et ne savait plus trop ce qu'il faisait. On pourrait même dire qu'il était à point pour la manipulation. À sa décharge, on notera cependant qu'il venait de vivre des journées harassantes sur le plan physique : empoisonnement à la bistouille, coups sur la tête et à la nuque. Il fallait être bien solide pour sortir indemne de telles aventures. D'autant qu'il n'était plus très jeune. Il avait donc hâte que tout cela se termine, la perquisition comme l'enquête à Lille. Et, pour la première fois depuis des lustres, il eut envie de rentrer chez lui, à Paris.

CHAPITRE 10.

Deux heures plus tard, Jab réapparut avec un grand sourire.

Deux heures plus tard, Jab réapparut avec un grand sourire. Il brandissait, dans sa main droite, un paquet de documents. Il alla droit vers le propriétaire de la maison, qui, entre-temps, avait décidé de s'asseoir dans le salon en compagnie de son avocat. Aucun des deux Asiatiques ne prêta attention à Hob, qui s'était finalement endormi, malgré sa douleur à la nuque.

- Monsieur Ouh… lança Jablonski.

- Non, commissaire, Woo, avec un W, dit patiemment le Chinois.

- Bien, Monsieur Woo avec ou sans W, je vous arrête, les documents que j'ai ici sont suffisants. Veuillez me suivre calmement, sinon je vous passe les menottes.

Comme pour mieux renforcer les propos de son chef, Émilie s'était placée à l'entrée du salon, une main sur un de ses gros pistolets. Les Chinois obtempérèrent sans dire un mot et suivirent Jablonski et ses hommes dans un fourgon de police, arrivé quelques minutes plus tôt.

Hob n'avait pas été réveillé par la scène, et ce fut Émilie qui vint lui secouer l'épaule :

- Commissaire ! Il est temps de rentrer ! Venez, on vous ramène chez vous !

Le Parisien eut bien du mal à émerger. Il trouvait le fauteuil du salon confortable et aurait bien terminé sa nuit là. Il grommela un peu, puis suivit la brigadière-chef et Jab. Tous trois montèrent dans la voiture du Lillois qui fit la conversation jusqu'à l'hôtel de Hob. Il donna suffisamment d'informations pour que ce dernier fasse un effort et tente de comprendre ce qui se passait.

Contrairement à ce qu'il avait pensé en premier lieu, cette perquisition – réussie pour Jablonski – le concernait. Ce monsieur Woo et ses associés étaient bien de gros bonnets sur la place de Lille. Jab confirma que de nombreux documents, concernant à la fois l'achat des sachets de plats précuits et la fabrication de bistouille et d'autres alcools, avaient été trouvés chez le Chinois. Hob, qui était maintenant tout à fait réveillé, demanda :

- Des documents en chinois ou en français ?

- Les deux, Hob. Vous ne pouviez pas savoir, mais le jeune Renouard, le brigadier, qui nous accompagnait, est un linguiste accompli : chinois et hindi.

- Il a fait Langues O' avant de rentrer dans la police ?

- Non, la police lui a fait faire Langues O'. Comme vous le savez, mon vieux, avec la nouvelle criminalité, nous devons évoluer.

- Alors, mon enquête est terminée ? lança Hob, un peu provocateur.

- Je crains que non, cher collègue, il nous faut encore quelques vérifications, voire arrestations. D'autre part, il y a tous les rapports à faire et à signer. Mais ce qui compte encore plus pour moi, ce sont les visites dans les restaurants. Vous vous sentez assez en forme pour les poursuivre ?

- Mon cher Jab, je ferai de mon mieux, dans la mesure où l'on ne m'attaque pas, et si le Chef me laisse encore un peu de temps ici.

- En ce qui concerne le Chef, je peux plaider, et, pour votre sécurité personnelle, vous savez bien que je vous ai attribué un garde du corps personnel.

Jablonski ne put s'empêcher de sourire. Dans l'obscurité de

la voiture, il ne vit pas que son collègue parisien, lui, était resté de marbre, tandis qu'Émilie, à l'arrière du véhicule, avait les yeux pétillants.

- Dans ce cas, si c'est un ordre et vu que je viens de faire une sieste prolongée chez vos Chinois, je pars en mission tout à l'heure. Mademoiselle Défêt, êtes-vous prête ? demanda Hob en se tournant sur son siège.

- Tout à fait, commissaire ! Laissez-moi juste le temps de me changer aux vestiaires, et je vous accompagne. Quel haut lieu de la gastronomie lilloise aura le plaisir de nous recevoir ce soir ?

- Je n'ai pas la liste en tête, mais disons que l'on se retrouve à la PJ dans une heure et là, je vous révélerai l'endroit !

Jab déposa donc son collègue devant son hôtel et repartit avec la brigadière-chef vers le boulevard de la Liberté.

Hob prit une douche, se changea lui aussi et constata que sa douleur au cou était toujours présente. Il ferait peut-être bien de consulter ce médecin qui lui avait proposé de faire des radios de contrôle. Cela attendrait demain. Il consulta son portable qu'il avait mis en position silence pendant la perquisition et qu'il avait complètement oublié depuis.

Plusieurs messages l'attendaient : un de sa concierge pour une histoire de lettre recommandée, un autre d'un de ses collègues brestois qui était de passage à Paris, mais il y avait surtout un long enregistrement d'un appel du Chef. Pour une fois, il n'éructait pas, mais parlait posément. Ce n'était jamais bon signe.

Il ressortait de cet appel que le Chef lui demandait avec insistance de rester à Lille et de faire le mort. De se faire discret. Car non seulement la DGSE commençait à s'agiter, mais les Affaires étrangères aussi. Tout le monde, d'un seul coup, semblait s'intéresser aux noyés de la Dombes et au commissaire Hobzbizzeit. “ Pourtant, pensa le policier parisien, les macchabées ne sont pas frais, et je suis sur l'affaire depuis plus de deux ans ".

C'était toujours ainsi que cela se passait. On ne savait pas pourquoi, brusquement tout le monde s'excitait. Plus que jamais, Hob craignait que le Chef n'allât vendre cela aux télés. Pour se faire mousser, bien sûr, mais aussi pour couper l'herbe sous le pied de ses petits camarades des RG. Lesquels passaient, le lundi matin, dans les rédactions parisiennes des grands media, pour distribuer quelques affaires juteuses, avec photos et dossiers à l'appui. C'est ainsi que de formidables gros titres et Unes naissaient, tels les microbes avant Pasteur : une vraie génération spontanée ! Que le bon public avalait sans douleur et sans réfléchir. Un peu comme sur les voies ferrées d'autrefois où une méchante plaque émaillée annonçait : " Attention ! Un train peut en cacher un autre ! ". Là, la technique était la même. En focalisant l'intérêt sur tel scandale, on oubliait certains sujets jugés brûlants par tel ministère ou tel parti politique, à moins que ce ne fût un puissant lobby.

Qui diable pouvait se passionner pour les cadavres de la Dombes ? Carlo Lévy, le savant du labo P4, avait peut-être trop parlé en vantant sa découverte. Le commissaire Duporc, de Bourg-en-Bresse, passé sur le grill par la DGSE, avait dû raconter cette interminable enquête. Donc, en quelques minutes, les gens du contre-espionnage avaient appris l'existence de Hob. D'autre part, des clients des anciens pays de l'Est, cela intéressait, au plus haut point bien sûr, ces messieurs du Quai d'Orsay. D'une certaine façon, le commissaire parisien se demandait pourquoi il n'avait pas encore été contacté par tout ce petit monde. Le Chef avait, peut-être, fait barrage. D'où son conseil de faire le mort, ce qui, dans une affaire de cinq refroidis, ne manquait pas d'humour noir - involontaire, bien sûr. Dans le vocabulaire de son supérieur hiérarchique, cela signifiait-il aussi ne pas répondre aux appels téléphoniques ? Sur son portable, c'était possible. Boulevard de la Liberté, cela serait plus difficile.

Vera Chytilova n'avait pas donné signe de vie. Il allait donc l'appeler pour gagner du temps, car Hob était maintenant persuadé qu'une course contre la montre était engagée. Ou il trouvait une solution pour les morts de la Dombes ou la DGSE et le Quai mettaient totalement la main sur l'enquête. Et le commissaire parisien comprenait bien l'attitude de son chef. Ce n'était pas qu'une question d'orgueil mal placé. Non, mais il fallait défendre les qualités d'un service réputé pour en avoir.

Il n'eut pas le temps de composer le numéro privé de la Franco-Tchèque, car son portable sonna. C'était un de ses bons collègues lyonnais, Brazier – lointain cousin de la «mère» cuisinière du même nom – qui lui donnait les dernières nouvelles, à point nommé, sur les “ grenouilles dombistes ”, comme il les appelait avec humour. Vous avez bien compris qu'il s'agissait des cinq corps de ressortissants d'Europe centrale, retrouvés dans les étangs de la Dombes ?

Parfait ! Parce que, avec toutes ces grenouilles qui interviennent sans cesse dans le récit - et tout ce qui “ grenouille ” autour, comme aurait le Chef - on a tendance à s'y perdre un peu. Pour Hob, ce n'est pas un problème, c'est son boulot. Pour nous, c'est un peu plus difficile par moment. Le commissaire parisien n'y peut rien, nous non plus d'ailleurs.

Donc revenons à Brazier. Son rapport est éloquent. Le dénommé Don Carlo – vous vous souvenez ? l'assistant de Carlo Lévy, le savant qui travaille sur la grippe aviaire – a bien été empoisonné avec cette saloperie de *E. coli O157:H8.* C'est un certain Pavel Kiev, stagiaire ukrainien au restaurant *À la cuisse légère,* qui aurait traité les fameuses pattes décortiquées par Don Carlo. Quelques minutes après avoir préparé le plat, il avait prétexté un besoin urgent et avait disparu pour de bon. Il courait toujours, d'ailleurs.

- Ce n'était donc pas un spécialiste du poulet ? demanda Hob.

- Pourquoi ? demanda Brazier.

- Parce qu'il existe une recette de poulet à la Kiev !

Cela ne fit pas rire le policier lyonnais, et Hob le laissa finir son récit.

- Il avait été engagé la semaine précédente : bonnes recommandations, et tout et tout ! Un gars bien noté par son chef.

Décidemment, ce monde était plein de chefs de toute sorte : des chefs de service, des chefs de cuisine, des brigadières-chefs, des chefs de gare ou des chefs d'acusation, et Hob en oubliait sans doute. On pourrait d'ailleurs lui faire remarquer, ici, que jusqu'à présent, dans ce récit, nous n'avons pas eu affaire à des chefs de gare ! Son coup sur la nuque ne lui avait pas fait du bien.

- C'est tout, Brazier ?

- Oui, Hob, pour le moment. Comme promis, je vous appelle si on a du nouveau.

- Merci, à bientôt.

Cela ne faisait que renforcer l'intuition du commissaire parisien. Toutes les pistes, dans cette affaire de la Dombes, semblaient mener vers les pays de l'Est. D'où la nécessité de joindre Vera au plus vite.

Ce que fit Hob, mais sans succès. Le portable de sa correspondante était éteint, et il préféra ne pas laisser de message. Il se fit mentalement une note de la rappeler, ce soir, après le dîner avec Émilie.

Ce repas, en tête-à-tête avec la jeune femme, ne lui faisait plaisir qu'à moitié. Certes, elle était d'un commerce plutôt agréable pour une brigadière-chef, rien à redire là-dessus. L'enquête les avait rapprochés, mais de là à commencer une liaison, le commissaire ne se sentait pas prêt. Cependant, un couple dînant dans un restaurant était une bien meilleure couverture qu'un homme seul. Donc, Hob décida d'emmener Émilie. Il verrait comment tournerait la soirée pour décider de la suite de sa conduite envers elle.

Il était temps qu'il se rende boulevard de la Liberté. Il pleuvait de nouveau, et un petit vent d'ouest balayait les rues. Il ne regarda pas autour de lui, au sortir de l'hôtel. S'il devait être attaqué de nouveau, eh bien il le serait. Il en doutait, d'ailleurs.

Quand il arriva à la PJ, sans encombre, Émilie l'attendait. Il prit dans son bureau la liste préparée par Jab. Il était trop tard pour réserver, donc ils iraient là où l'on voudrait bien les accepter. Hob avait envie de la cuisine du Nord, de celle qu'il n'avait pas goûtée depuis son arrivée. Il avait lu dans le *Michelin* que les plats régionaux étaient délicieux. Il n'en doutait pas. Mais il voulait les déguster avant son départ. Car il connaissait le Chef, " faire le mort " pouvait très bien vouloir dire disparaître de la circulation. Hob savait qu'il y avait encore quelques crimes non résolus aux Antilles, à Tahiti et à la Réunion. De plus, aucun de ses collègues ne se bousculait pour partir là-bas, sur le sable chaud et à l'ombre des cocotiers. Toute la PJ était au courant que si ces meurtres restaient impunis, il y avait de bonnes raisons. Le commissaire parisien n'avait pas très envie d'y aller non plus. Lui, ce qu'il aimait, par-dessus tout dans son travail, c'était le crime hexagonal.

Pour l'instant, il avait faim. Dans le hall d'entrée, Émilie l'attendait. Elle était assez élégante. Il lui demanda :

- Que diriez-vous du *Sébastopol* ?

- Avec grand plaisir, c'est une grande table lilloise et je n'y suis jamais allée. Au fait, c'est Jablonski qui paie ?

- Absolument, et je vous rappelle, Émilie, que nous sommes en service commandé ! dit Hob en souriant.

- De ce côté-là, pas de soucis, commissaire. Vous verrez, on se léchera les babines, mais je peux vous dire que vous faites fausse route. Chez Jean-Luc Germond, il n'y a que du frais et du bon. Sa réputation est bâtie là-dessus. Je ne comprends même pas pourquoi il se trouve sur la liste du chef.

- Nous verrons ! répondit prudemment Hob.

- Voiture ? demanda la brigadière-chef.

- Non, nous irons à pied, à moins que vous n'ayez une objection ? Il ne pleut plus, profitons-en.

Ils longèrent le théâtre Sébastopol, et Émilie montra aussi le musée des Beaux-Arts à son compagnon

Le restaurant était de grande classe, façade verdoyante éclairée, salle à manger comme Hob les aimait, calme et décorée avec un bon goût qui n'offusquait pas les sens, laissant ceux-ci en éveil pour se consacrer à ce qui se trouvait dans l'assiette.

L'étude de la carte fut un moment délicieux. Hob adorait cela et avait, chez lui à Paris, une collection fort intéressante. Lire le menu faisait partie d'un bon repas. On ne résistera pas au plaisir de vous donner leurs commandes en détail.

Pour les entrées, Hob prit une tartine de tartare de Saint-Jacques et oreille de porc, tandis qu'Émilie choisit un parmentier de Saint-Jacques. Elle eut ensuite la bonne idée, du point de vue du commissaire, de prendre des feuilles transparentes de céleri aux huîtres, vinaigrette de cresson tandis qu'il choisit un bar sauvage en nage réduite, caviar d'Aquitaine Prunier. Et ils burent un superbe meursault *Les grands charrons* 2000.

- Je prends le vin à ma charge, dit Hob, entre deux gorgées, car je pense que Jablonski va s'étrangler quand il verra l'addition !

- Vous dînez toujours ainsi, commissaire ? demanda Émilie sur un ton ingénu.

- Si je le pouvais, oui. Hélas, comme vous le savez, nos salaires dans la police ne nous le permettent guère.

- Dois-je comprendre, reprit la brigadière-chef, que vous

n'avez choisi cette enquête que pour venir faire le critique gastronomique à l'œil ?

Pour Hob, le “ à l'œil ” était de trop. Une faute de goût qui détonait dans ce décor parfait. Au lieu de répondre, il préféra sourire et humer son verre. Elle ne devait pas boire souvent, l'Émilie, car elle semblait un peu pompette, ses yeux brillant encore plus que d'habitude. Avait-elle remis ses lentilles ce soir ?

Il allait de soi, pour Hob, en tout cas, que ce n'était pas dans cet établissement de grande tradition de la cuisine française que l'on trouverait des petits sachets de la mafia chinoise. Peut-être des plats semi-préparés, mais de qualité et raffinés.

La conversation entre les deux convives ne présentant que peu d'intérêt, on ne se sent pas obligé de la rapporter ici. Sinon que la brigadière-chef, après le café – excellent – demanda :

- Dites-moi, commissaire, ne m'aviez-vous pas dit, en quittant la PJ, que vous souhaitiez goûter nos spécialités gastronomiques du Nord ?

- Je crois bien que oui et je me demande ce qui m'a perturbé ? répondit-il en riant.

Le repas avait été succulent, la compagnie agréable et il ne voyait pas l'utilité d'en vouloir à la jeune femme. Qu'elle soit amoureuse de lui était un fait, mais il n'avait aucune obligation de lui retourner cette affection. Il continua :

- Ce sera pour demain !

- Et vous tenez le coup vous à manger ainsi, tous les jours ?

La mère de Hob, superbe Turque de Smyrne, n'aurait jamais admis qu'il parle ainsi. Chez les Hob, on déjeunait et l'on dînait. “ Il n'y a que les animaux qui mangent, mon fils ”, répétait-elle, en bonne étudiante de la langue française.

- Émilie, si l'on ne m'empoisonne pas, oui ! Bon, à défaut de vos plats locaux, on va aller prendre une bière. Quel endroit me recommandez vous ?

- Le café Leffe, Place Rihour. Vous connaissez ?

- Non, car depuis que je suis à Lille, mes sorties nocturnes ont été quelque peu mouvementées, et je n'ai pas eu le plaisir de visiter votre belle ville.

- Alors, allons-y, commissaire !

Pour un peu, elle serait partie sans payer. Du coup, il n'était plus sûr que ce soit une bonne idée d'aller prendre une bière. Une fois dehors, elle le remercia comme si c'était lui qui avait réglé l'addition et lui prit le bras. Il fit mine de ne pas s'en étonner, et ils déambulèrent jusqu'à la place Rihour.

Certes, Hob était bien, mais il ne perdait pas le contrôle de la situation. Il avait encore des coups de fil à donner ce soir, et il n'était pas question qu'il s'enivre. D'ailleurs, il détestait cela.

Ils arrivèrent place du Général-de-Gaulle où Émilie lui expliqua que la statue de la Déesse datait de 1842 et célébrait la résistance de la ville face au siège autrichien de 1792. Le café Leffe était un endroit populaire, bruyant mais bon enfant. Ici, au moins on était entre Chtis, et la bière était excellente.

- Vous n'en prenez qu'une ? demanda étonnée la brigadière-chef.

- Oui, j'ai encore du travail ce soir, et puis je ne suis pas habitué comme vous, ici dans le Nord, à en boire plusieurs, mais que cela en vous prive pas ! C'est avec plaisir que je vous en offre une autre.

La jeune femme ne refusa pas et but hardiment trois grands verres de bières différentes.

Le commissaire n'avait pas envie de passer la nuit avec sa collègue, qui, de toute évidence, le souhaitait. Comment pourrait-il lui annoncer sans la froisser ? Il commençait à voir toutes les dimensions nouvelles qu'entraînait, pour lui, le fait d'avoir une relation intime avec un membre de son équipe. Le Chef avait raison, et c'était doublement irritant. Il avait trop souvent raison, alors qu'il était loin d'être parfait, lui.

Émilie parlait pour deux, ce qui était fort pratique. Non pas un flot ininterrompu de fadaises, mais une conversation éclectique, par moments cultivée, à d'autres au ras des pâquerettes. Elle faisait les questions et les réponses, ce que Hob appréciait beaucoup. Il jeta un coup d'œil qu'il pensait discret à sa montre, mais Émilie le vit.

- On y va ? demanda-t-elle en minaudant.

Le Parisien hésita une seconde, ce qui lui sauva la mise. Car son portable sonna à ce moment précis. Avec le brouhaha, il l'entendit à peine et dut sortir.

- Commissaire Hobzbizzeit ?

- À l'appareil ! À qui ai-je l'honneur ?

- Ah, commissaire, c'est Johannès ! Oui, du boulevard de la Liberté ! Le spécialiste du GPS ! Voilà, vous me remettez ? Bon, c'est le patron qui m'a demandé de vous appeler et de vous dire qu'un dénommé Gérard Verhaeghe a été retrouvé assassiné ce soir.

Le jeune policier laissa s'installer un silence. Il n'avait plus rien à dire, et Hob réfléchissait.

- Merci, Johannès. Avez-vous quelques détails sur le crime lui-même, le lieu, etc… ?

- Désolé, commissaire, je n'ai pas de détails, car je suis de permanence à la PJ. Je ne fais que transmettre le message du patron, qui vous attend aux coordonnées suivantes : 50°39,53 N ; 3°3,57 E.Vous avez bien noté ?

- Johannès, je sais que votre machin est utile, mais je n'ai pas de crayon sous la main, je n'ai pas sorti mon PDA et donc, non, je n'ai rien noté. Vous ne pourriez pas me donner cela en " clair " ?

- Ah, commissaire, je ne peux pas, d'une part le règlement, d'autre part je n'ai rien d'autre. Je vous les redicte lentement, dès que vous êtes prêt.

Et le jeune policier attendit patiemment que Hob sorte son agenda électronique et s'organise. Ne souriez pas, ce n'est pas facile de coincer son portable avec son épaule sur son oreille, surtout quand on a le cou endommagé, et de prendre des notes sur un pda, avec un stylet.

Quand il eut terminé, le commissaire vit apparaître l'adresse en question et dit à Johannès :

- C'est bien rue de … ?

- Ah, non ! commissaire ! Faut surtout pas donner l'adresse sur une ligne non protégée comme celle-là ! Redites-moi plutôt les coordonnées que vous avez trouvées ?

Cela commençait à l'énerver sérieusement Hob, ce petit jeu. Il s'éxécuta cependant.

- Parfait, c'est bon, commissaire ! Bonne soirée !

- C'est ça, Johannès, merci et bonjour chez vous.

Hob coupa sa ligne et revint soucieux vers sa compagne, qui contemplait tristement son verre vide. Quand il s'assit, elle leva de grands yeux verts interrogateurs dans sa direction.

- Émilie, je vous prie de m'excuser, mais je dois vous quitter, tout de suite. Il y a du nouveau dans mon enquête !

- À cette heure-là ? demanda la brigadière-chef sur un ton incrédule.

- Hélas, oui ! J'ai un nouveau crime sur les bras.

- Un Chinois ?

- Je ne sais pas.

En fait, Hob n'avait pas du tout envie de révéler ces détails à sa collègue. Il aurait très bien pu, puisqu'elle travaillait avec lui, mais il ne savait pas pourquoi il refusait. Peut-on toujours tout expliquer et à brûle-pourpoint ?

- Vous allez chercher une voiture boulevard de la Liberté ? demanda la jeune femme.

- Non, c'est urgent, je vais donc prendre un taxi. Je vous ramène ?

Émilie hésita quelques secondes puis dit :

- Non, merci, commissaire, je vais me débrouiller. C'était bien sympa, cette soirée. Y en aura-t-il d'autres ?

- Pourquoi pas ?

Elle esquissa un geste pour se rapprocher de lui et l'embrasser sur la joue, mais elle vit son imperceptible recul et se ravisa.

- À demain, commissaire !

- À demain, Émilie, répondit-il sans chaleur dans la voix.

Il était déjà perdu dans ses pensées alors qu'elle croyait qu'il s'ennuyait avec elle.

Ils trouvèrent rapidement, chacun séparément, un taxi.

La rue de Pérenchies - la fameuse adresse que Johannès ne voulait pas que le commissaire prononce au téléphone – se trouvait au nord, bien au-delà du périphérique, dans le quartier de la Madeleine. Encore une fois, la municipalité du coin enduisait les pauvres visiteurs avec de l'erreur – comme aimait à le rappeler le Chef - ce n'était point une rue mais une impasse, dont les numéros n'étaient pas tous lisibles dans l'obscurité. Non que cela soit important pour le commissaire puisque deux voitures de police, une voiture de pompiers et deux autres véhicules banalisés étaient garés au milieu de la rue. Impossible de louper le lieu du crime.

Hob régla le chauffeur et se dirigea vers l'animation. Un policier en tenue l'arrêta poliment et lui demanda son identification. Il lui donna sa carte plastifiée et barrée de tricolore, ce qui sembla satisfaire le fonctionnaire de service. Coup de veine, il ne pleuvait pas. Le Parisien vit se diriger vers lui la silhouette de Jablonski.

- Ah, Hob ! Merci d'être venu rapidement. Le Chef m'a dit que vous le connaissiez bien.

Parce que le Chef était déjà au courant ! Les nouvelles allaient vite entre Lille et Paris ! Comment se faisait-il que le Chef ne l'ait pas encore appelé ?

- N'exagérons rien, Jab, je l'ai rencontré une fois en tout et pour tout. À son bureau de l'École de journalisme. Car vous savez bien sûr, qui c'est ?

- Difficile de ne pas connaître l'oiseau ! Mais entrons, il fait trop froid pour discuter ici.

La maisonnette était ordinaire, semblable à toutes celles du coin. L'intérieur n'était pas luxueux et avait connu des jours meilleurs.

- Il habitait ici ? demanda Hob.

- Non, pas du tout ! Il avait un superbe appartement en ville, pas loin de la PJ, dans le quartier chicos, répondit Jablonski.

- Et on a une idée de ce qu'il faisait là, ce soir ? dit Hob en enlevant son pardessus qu'il posa sur une rambarde d'escalier fatiguée.

- La réponse est là-haut, Hob, vous comprendrez tout de suite, indiqua de la main le Lillois.

Le commissaire parisien monta lentement les marches puis arriva sur un palier. Une porte de chambre était grande ouverte. Plusieurs policiers en civil et en tenue s'activaient avec difficulté dans une pièce exigüe. Jab les fit sortir momentanément.

Verhaeghe avait perdu de sa superbe, et pour cause. Nu comme un ver, on est toujours un peu dépossédé de son prestige. L'homme était couché sur un grand lit défait, la face contre un oreiller, les cheveux en bataille. L'endroit puait l'alcool, la bistouille pour être précis, ce qui donna un haut le cœur au commissaire parisien. Le lit était trempé.

- Cause du décès ? demanda Hob au légiste de service se tenant sur le pas de la porte.

- À première vue, arrêt cardiaque suite à une massive absorption d'alcool. Je dis, à première vue, pour moi c'est un grossier maquillage. Il s'est envoyé en l'air avec quelqu'un qui l'a trucidé ensuite. Comment ? On verra à l'autopsie. Mais l'alcool n'est pas la cause de la mort.

Hob se tourna vers Jablonski :

- Qui habite ici ?

- Alain Quesnoy, une petite frappe bien connue de nos

services et en cavale. Les délits habituels : vols à la tire, un peu de deal de hasch et proxénétisme.

- Je vois, impliqué dans le meurtre à votre avis ?

- Je ne le pense pas ! Il est malin, le coup aura été fait par quelqu'un d'autre.

- D'accord, mais le mobile à votre avis ?

- Hob, dans des cas pareils, le mobile n'est jamais évident. C'est une enquête supplémentaire, longue et fastidieuse, qui s'ouvre. Si on remet la main sur Quesnoy ! À l'heure qu'il est, il y a longtemps, à mon avis, qu'il est déjà en Belgique ou en Hollande. Vous saviez que Verhaeghe fréquentait ce monde-là ?

- Non ! Comment diable l'aurais-je su ? Il m'était apparu, au contraire, comme un vieux beau, bourgeois et coureur de jupons. Comme quoi, on se trompe à tout âge dans notre métier, et cela malgré notre expérience de l'humanité !

- Plutôt de ses bas-fonds ! On ne peut quand même pas dire que nous voyons le dessus du panier, lâcha, avec lassitude, le commissaire lillois. Je vous ramène à votre hôtel ?

- Oui, volontiers, mais arrêtons-nous quelque part, prendre une bière.

- D'accord, Hob.

Et Jablonski prit le volant d'une des voitures banalisées, et ils rentrèrent vers le centre ville. Un clocher, bien éclairé, indiquait 12 h 23. Ils n'étaient pas près de se coucher, les deux policiers. Et le Chef n'avait toujours pas téléphoné.

CHAPITRE 11.
Trouver un bistrot ouvert à cette heure-là, ne posa aucun problème.

Trouver un bistrot ouvert à cette heure-là ne posa aucun problème à Jablonski, il connaissait la ville et ses banlieues comme sa poche. Comme il l'avait expliqué à Hob, en rentrant du quartier de la Madeleine, il était né à Villeneuve-d'Ascq et avait passé sa jeunesse, avenue du Pont-de-Bois. Pas loin de ce qui allait devenir plus tard une des grands facs de Lille, un de ces fameux campus excentrés dont l'environnement vous poussait aux études.

Les deux commissaires étaient donc attablés dans un troquet de la rue Saint-Jacques. Jab semblait bien connaître le patron du *Auprès de mon houblon*, qui visiblement ne craignait pas de dépasser l'heure légale de fermeture.

Après une bonne gueuze 100% lambic biologique, Hob avait les idées plus claires, sans pour autant voir où cela allait le mener. Dans la voiture, préoccupé par ses propres enquêtes, il écouta son collègue d'une oreille distraite. Il n'était pas satisfait en faisant le point :

- *Les morts de la Dombes* : il tenait sûrement une piste, mais il devait agir vite avant que les autres services ne lui piquent le résultat de ses recherches. Vera Chytilova ne répondait toujours pas au téléphone. Il lui avait envoyé un SMS assez simple et espérait que la Franco-Tchèque le comprendrait, c'était un peu risqué, mais il n'avait pas le choix.

- *Carlo Lévy* : le savant - pas si fou que cela - du labo P4 était, maintenant, à l'abri des mauvaises intentions. Hob avait plus à craindre, désormais, du Chef – qui n'avait toujours pas téléphoné – que du chercheur, découvreur de la grippe aviaire.

- *Les sachets de nourriture* préparés par la mafia chinoise : c'était Jablonski qui avait marqué des points, pas lui.

- *Gérard Verhaeghe* : que le copain indic du Chef et professeur à l'École de journalisme de Lille se soit fait refroidir laissait Hob assez indifférent. Il n'avait pas compris, jusqu'ici, ce qu'il venait faire dans toute cette affaire. Maintenant, il ne pourrait plus lui poser de questions, ce qui était bien dommage. Le Chef allait hurler, pour ne pas changer, mais qu'importe.

Le Verhaeghe avait, sans aucun doute, été supprimé parce qu'il en savait trop. Mais sur quoi ? Les affaires louches de la petite frappe chez qui il avait trouvé la mort ? Par overdose de bistouille ? Le Parisien était bien de l'avis du légiste local, l'alcool de genièvre – à condition que cela en fût et du vrai, pas du frelaté – n'avait pas causé sa mort. Pourquoi le prof, qui prétendait avoir ses entrées un peu partout dans Lille, était-il venu s'encanailler dans le quartier de la Madeleine ? Pour ne pas être vu, certes, mais était-ce une habitude ? Avait-il femme et enfants ? Hob en doutait. Cela serait un jeu d'enfant de vérifier depuis son bureau de la PJ, d'autant que Jablonski lui avait bien affirmé que le vieux beau émargeait chez les RG.

Cela commençait à l'agacer sérieusement, le commissaire parisien, que les Renseignements généraux apparaissent un peu partout dans ses enquêtes. En principe, ce n'était pas leur rôle. À moins que Hob ne fût plus à sa place, empiétant tout doucement sur les plates-bandes des autres. C'était bien du genre du Chef, cela : l'envoyer au casse-pipe tandis que lui, telle une araignée, tissait de sombres machinations depuis son bureau dans la capitale. Hob se mit, tout d'un coup, à repenser au sien, rue du Dessous-des-Berges (Paris, XIIIe). Il n'y avait bien que Maigret pour avoir le privilège d'en avoir un au Quai des Orfèvres. Il y avait belle lurette que l'on y entassait plus que les chefs, là-bas.

Donc, le bureau de Hob était moche. Il en était arrivé à cette conclusion en revenant de la rue de Pérenchies. Cela n'avait strictement rien à voir avec le crime de Verhaeghe, mais Hob gambergeait en faisant le point sur ses enquêtes. Inévitablement, il s'était mis à comparer son bureau de la PJ de Lille avec celui qu'il occupait à Paris, dans la rue dont le nom faisait rêver tous ses interlocuteurs. Mais pas lui, bien sûr.

Jablonski était lui aussi perdu dans ses pensées, face à son verre de bière vide. Il avait l'air tout aussi préoccupé que Hob. D'ailleurs, ils étaient entrés dans le bistrot, avaient commandé et bu, sans dire un mot. Chacun respectant le silence de l'autre.

C'est le Lillois qui le rompit le premier.

- Je ne peux pas dire que le meurtre de Verhaeghe m'arrange, lâcha-t-il dans un soupir fatigué.

- Je vous comprends ! répondit Hob.

- J'ai déjà assez de problèmes sur le paletot, entre les Chinois, les Tueurs Fous du Brabant et tout le reste dont je ne vous ai pas parlé. Sans compter votre agression que nous n'avons pas élucidée !

- J'avoue que j'avais déjà oublié cet épisode, confessa le Parisien qui commanda deux autres bières.

- Au fait, ça va mieux ? demanda son collègue.

- Oui, encore un peu douloureux au niveau de la nuque, mais j'en ai vu d'autres !

- Je m'en doute, Hob, et les jeunots qui entrent dans la police croient que commissaire c'est un job derrière un bureau !

À cette heure avancée de la nuit, vous l'avez remarqué, après plusieurs bières, pas mal de fatigue et une volée de soucis supplémentaires, c'est le moment des désillusions plutôt que des confessions. Le troquet commençait à se vider, et il ne restait plus que quelques clients noyant leur mal de vivre dans la fumée de cigarettes et la bière. Mais tout compte fait, vaut mieux le noyer là-dedans que dans un des innombrables canaux de la région. Et dire que, dans le film *La vie n'est pas un long fleuve tranquille* d'Étienne Chatiliez, les enfants se baignaient dedans avec plaisir !

- Le Chinois que vous avez arrêté en fin d'après-midi, c'était un gros poisson ? demanda Hob.

- En tout cas, le plus gros que j'aie pu coincer sur cette affaire, lui répondit son collègue. Celui-là était dans mon collimateur depuis deux ans environ. Je n'arrive d'ailleurs toujours pas à croire qu'il ait pu commettre cette erreur, fatale pour lui, de garder des documents aussi compromettants à son domicile. Je n'y vois qu'une seule explication : la guerre des gangs chinois est bel et bien commencée. Notre Monsieur Woo a eu peur et a donc rapatrié, dans cave, sa petite comptabilité secrète. Pour notre plus grand bonheur.

- C'est lui qui importe les petits sachets ici ? reprit le Parisien.

- Oui et non, disons plutôt qu'il fait partie des gros distributeurs, mais la bouffe en plastique ce n'est pas son truc. D'ordinaire il vend plutôt de l'héroïne, du crack, ce genre de produits. Remarquez, je les comprends, ces Chinois. Les drogues dures rapportent beaucoup, certes, mais on est sur leur dos sans cesse, et ils commencent à en avoir marre de se retrouver au trou pour plusieurs années. Non pas qu'ils craignent la prison ! Pour certains, c'est même la meilleure assurance vie qu'ils puissent avoir. Pour d'autres, c'est la cata, ils perdent le contrôle de leurs hommes, de leurs réseaux, de leurs territoires, et quand ils sortent, ils doivent recommencer à zéro.

La jeune génération n'est pas favorable à cela. Chinois ou

pas, la notion du temps qu'ils ont ici est bien européenne : c'est tout et tout de suite ! Les petits sachets présentent bien des avantages : ce qui n'est pas interdit est autorisé, n'est-ce pas ? Alors, ils sont faciles à écouler. Bon rapport qualité-prix pour tout le monde. Aucun souci, pas de problèmes avec les douanes ou la police. Pas la peine de se cacher, bref du gâteau, si j'ose dire ! Avec leur petite guéguerre, les bandes chinoises nous montrent que les forces changent dans notre région. Encore quelques mois, et je suppose que nous aurons la visite de leurs avocats – parlant parfaitement notre langue et éduqués dans nos meilleures écoles – pour nous proposer des " arrangements " équitables, suivant leurs formules.

- Un pourcentage sur les ventes afin que vos hommes ferment les yeux ? demanda Hob qui ressentait de plus en plus la fatigue. Sa douleur dans la nuque, elle, s'était réveillée.

- Oui, quelque chose comme cela, soupira le Lillois.

- Et à votre avis, cela risque de les intéresser ?

- Les jeunes non, Hob. Ceux de notre génération, ce n'est pas impossible. Je ne dis pas que la police soit corrompue, mais il y a bien des désillusions à nos âges, je n'ai pas besoin de vous les énumérer…

Ils restèrent en silence quelques minutes, chacun méditant sur sa propre situation. Ils étaient aussi indécis l'un que l'autre : une dernière bière ou pas ?

Hob lança alors :

- Mon vieux Jab, ce n'est pas pour vous bousculer, mais il se fait tard et demain, que dis-je, tout à l'heure, on va encore avoir pas mal de pain sur la planche. Au fait, qu'avez-vous prévu dès l'aube qui puisse me concerner ?

- À dix heures, je vois quelques-uns de mes indics, cela devrait être instructif. On aura, sans doute, le rapport d'autopsie de Verhaeghe pour le déjeuner. Vous vous sentez toujours d'attaque pour continuer votre tournée des restos ?

- En principe oui, surtout si le Chef me laisse en paix et ici.

- Je vois. En tout cas, je compte sur vous, on doit absolument mettre la main sur un resto qui achète à la mafia chinoise. Bon, allons-y ! dit Jablonski en se levant.

Le Lillois ramena le Parisien à son hôtel. Hob était crevé. Il n'eut même pas le courage de se déshabiller et se laissa tomber sur le lit, après avoir juste enlevé, à la diable, ses chaussures. Hob s'endormit avant même de consulter l'heure. La vieille montre suisse de son père indiquait 4 h 12.

Hob savait bien qu'il ne devait pas dormir tout habillé. Les rares fois où cela lui était arrivé, il avait fort mal dormi. Cette fois-ci ne fut pas une exception. Il se réveilla fort courbaturé avec une légère gueule de bois. Il aimait bien la bière, mais peut-être avait-il légèrement abusé la veille. À moins qu'elle ne fût, elle aussi, trafiquée ! Si la bistouille l'était, si les plats avaient des origines douteuses, on pouvait alors tout imaginer à propos de la bière. Et c'était un triste commentaire matinal sur notre société, pensa le commissaire.

Il avait bien du mal à émerger. Pourquoi s'était-il éveillé brusquement ? Ah oui, les coups répétés sur sa porte.

- Oui, oui, voilà, j'arrive, essaya-t-il de crier, mais en vain, sa voix n'était qu'un filet.

Quand Eusèbe Bélazor le vit apparaître, échevelé, pas rasé et plutôt fripé, sur le pas de la porte, il eut instinctivement un léger mouvement de recul.

- Ah, commissaire ! Désolé de vous déranger, mais le patron m'envoie. Il n'a pas réussi à vous joindre sur votre portable. J'ai une voiture en bas, et je dois vous emmener, dit avec un peu d'onctuosité le jeune policier.

- Bien, Eusèbe, allez prendre un espresso, j'arrive dans quelques minutes.

Hob fit de son mieux pour ne pas faire attendre trop longtemps et son chauffeur et son collègue de la PJ. Seize minutes plus tard, exactement, le Parisien arrivait devant la porte du commissaire Jablonski. Ce dernier était en rendez-vous, aussi Hob alla-t-il à son bureau, se fit deux espressos bien serrés et se plongea dans sa messagerie électronique. La paperasserie attendrait un peu. Mais il devrait s'en débarrasser avant 12 h 15, heure à laquelle il avait promis d'aller déjeuner avec le futur Simenon. Lequel avait rougi de plaisir.

Vera Chytilova était un ange. Elle avait très bien compris son SMS de la veille et avait envoyé, par mèl, tous les détails demandés. Encore une fois, Hob ne voulait surtout pas savoir comment elle avait fait pour obtenir tout cela. Il paierait rubis sur l'ongle. Dans tous les cas, pour lui, ces infos n'avaient pas de prix.

D'après Vera, Kerim Kasikci, le Turc ornithologue, décédé dans la Dombes, avait un passé plus chargé qu'une langue, comme aurait dit le Chef – qui n'avait toujours pas appelé. L'ornithologie était une passion venue sur le tard, enfin officiellement. Question oiseaux, il en avait fréquenté de drôles quand il était au parti communiste. On retrouvait sa trace du côté de l'Ukraine, à Kotovsk précisément, petite ville proche de la frontière moldave. Pendant un certain temps, le professeur turc, qui n'était pas encore émérite, y avait été mêlé à une sorte d'agence matrimoniale qui " exportait " de belles Ukrainiennes à travers le COMECON[13]. Puis l'éminent spécialiste, de tout ce qui était à plumes, réapparaissait fricotant avec un laboratoire militaire soviétique, bien connu pour ses recherches sur la guerre biologique.

Pour Hob, la solution de son enquête se trouvait là. Il suffisait d'aller maintenant vérifier, en détail, le passé des quatre autres personnages décédés dans les étangs de la Dombes. On y découvrirait, sans aucun doute, une appartenance au parti communiste et des contacts dans les milieux militaires soviétiques. Ils avaient l'habitude de se réunir à Prague, ces amateurs de gibier d'eau, pour écouter du Mozart et échanger des informations. Pourquoi venaient-ils chaque année, aussi, dans la Dombes ? Il faudrait que le commissaire Duporc se décarcasse, lui et ses hommes, et ratisse un peu mieux le secteur. On trouverait sûrement plus d'informations sur eux et leurs habitudes de vacances. Cela ne devait pas manquer de relais de chasse dans cette zone d'étangs. Endroits bien tranquilles et discrets pour des rencontres avec quelques correspondants pas toujours honorables de puissances étrangères, qui ne voulaient pas forcément du bien à notre pays. Plus il lisait, plus Hob pensait que le Chef devait être informé au plus vite, et qu'à son grand regret il fallait bien admettre que tout cela dépassait la PJ et le Chef. Il valait mieux remettre tout cela dans les mains de la DGSE et /ou du Quai d'Orsay. Les espions, ce n'était pas le rayon de Hob ni de son chef. Il fallait connaître ses limites et là, le commissaire divisionnaire parisien en prenait parfaitement conscience. Cela l'obligerait, sans doute, à révéler l'existence de Vera. Mais elle pouvait être très utile à nos services de renseignements.

La dernière question était encore sans réponse : qui avait " amené " ou apporté dans ses bagages le petit flacon qui avait empoisonné les oiseaux des étangs et les cinq conspirateurs de la Dombes ? Hob ne le savait pas encore, mais, à la limite, cela ne l'intéressait plus guère, car c'était secondaire. Son intuition lui disait qu'il avait résolu le mystère de la mort des cinq " chasseurs " des étangs. Sa mission de ce côté-là était remplie. Il commença donc un long e-mail au Chef où il expliqua ce que nous venons d'apprendre.

Hob tendit l'oreille, il avait cru reconnaître le cri caractéristique de la mouette rieuse, oiseau qu'il n'affectionnait pas du tout, suite à une longue enquête en Bretagne[14].

D'une certaine façon, il était soulagé, car cette affaire l'avait véritablement obsédé. Il allait attaquer sa pile de paperasses quand Jab l'appela sur le téléphone intérieur.

- Hob, venez mon vieux, je crois que cela va vous intéresser.

Quelques instants plus tard, il était assis dans le fauteuil face au bureau de son collègue lillois et l'écoutait avec attention.

- Hob, Mouscron, cela vous dit quelque chose ?

- Oui, tout à fait ! Allez-y !

- Alors que nous étions en train de prendre une bière hier soir – il avait un peu la mémoire courte, le commissaire lillois, car ils avaient bu plusieurs bières, et c'était ce matin – une patrouille de la PAF est arrivée pile après un accident de voiture. Une grosse Mercedes qui avait dérapé, route du Risquons-Tout – cela ne s'invente pas- à Neuville-en-Ferrain, juste avant la frontière. Elle s'était encastrée dans un mur. Et dedans on a trouvé qui, à votre avis ?

- Bof, je ne risque pas trop de me tromper vu nos enquêtes en cours. Je dis donc Alain Quesnoy, la petite frappe en cavale. Sans doute accompagné de l'assassin de Verhaeghe. Et je gagne quoi, commissaire ?

- Mon estime et mon admiration, car vous venez de mettre dans le mille ! Les deux ont avoué : Quesnoy a fourni la prostituée au prof de journalisme, l'autre, un certain Henri Duchâtel, a un beau pedigree chez nous. Attaques à main armée, coups et blessures, et j'en passe et pas des meilleures, croyez-moi. Il a bien trucidé Verhaeghe, avec une manchette sur la thyroïde d'une telle violence qu'elle a brisé les cervicales. Il a ensuite fait absorber de la bistouille au cadavre, l'a inondé ainsi que le lit pour faire croire à une overdose d'alcool. Pas très malin, puisque le légiste n'y avait pas cru rien qu'en regardant le corps.

- Bravo, Jab, mais le motif ?

- Ah, ça c'est moins évident. D'après les premières déclarations de Duchâtel – l'interrogatoire se poursuit en bas – Verhaeghe en savait trop, ou plus exactement, fricotait trop avec nous. En somme, la bande de Duchâtel avait découvert que le prof était un indic. C'est lui, le premier, qui aurait fait remonter à nos services l'affaire de la bistouille frelatée. Or, Duchâtel fricotait avec les deux zozos que nous avions arrêtés à Lesquin et que l'on a retrouvés, pendus, à Loos-les-Lille. Vous vous souvenez ?

Hob hocha la tête et dit :

- Bon, admettons qu'il ait éliminé Verhaeghe, parce que celui-ci avait révélé l'affaire de la bistouille de contrebande, où est la connexion avec les Chinois ? Car, si ma mémoire est bonne, ce sont eux qui ont monté cette affaire d'alcool, pour nous occuper, pour nous détourner de leurs véritables activités : les petits sachets !

- Vous avez tout à fait raison, mon vieux. Il nous manque encore ce maillon, mais on va le trouver et vite. C'est bien pourquoi je souhaite que vous alliez déjeuner et dîner dans les restaurants que nous soupçonnons.

- Pas de problème, j'y vais même tout à l'heure, avec Eusèbe Bélazor, le futur Simenon de Lille. Vous saviez qu'il avait écrit un polar redoutable, *La Mort au bout de la fourchette* ?

- Non ! Mais je ne sais pas tout ce qui se passe dans cette maison, et c'est peut-être aussi bien ainsi !

- Oui, quelquefois, cela vaut mieux ! Nous qui sommes toujours à la poursuite de la vérité, on ne se porte pas plus mal de ne pas la connaître quand nous sommes directement concernés, lâcha sur un ton des plus philosophiques le commissaire parisien. Encore bravo, Jab, nous avançons. À quand notre tournée des grands ducs lillois ? Car j'ai hâte de découvrir votre belle ville.

- Bientôt, Hob, je vous le promets. Laissez-moi encore un peu de temps, que je règle au moins cette affaire de mafia chinoise, le reste pourra – peut-être – attendre quelques heures. Bien, je vous laisse à vos travaux et moi, je continue les miens, lança le Lillois en montrant deux hautes piles de dossiers sur son bureau. Cela représentait au moins une clairière amazonienne, pensa Hob en partant.

Il était aux anges, le commissaire parisien, car tout cela se décantait enfin. Comme souvent, il n'y avait rien de bien compliqué et les malfrats, européens ou chinois, n'étaient pas si malins. Tous, tôt ou tard, commettaient des erreurs. Il fallait du temps et de la patience. Lui en avait, le Chef pas du tout, mais avec ce qu'il allait lui annoncer, il le rendrait heureux pour plusieurs heures.

Il compléta donc son mail au Chef, sur les cadavres de la Dombes, lui donnant tous les détails et lui conseillant fortement de passer la main à la DGSE. Hob savait bien que le Chef n'aimerait pas cela du tout. Mais s'il avait beaucoup de défauts, le Chef avait aussi un nez incomparable pour reconnaître, et de loin, les emmerdements. Là, normalement, il devrait réagir au quart de tour. Et passer le bébé, l'eau du bain et même la baignoire à qui de droit. C'était dans son intérêt.

Il consulta ensuite sa boite aux lettres électronique. Rien d'intéressant, que des pubs diverses. Comment cela arrivait-il dans sa BAL sécurisée ? Il faudrait qu'il demande, un de ces jours, aux informaticiens de la maison.

Il se refit un espresso et regarda l'heure. Dans moins de trente minutes, Bélazor allait arriver. Hob n'avait vraiment aucune idée de l'endroit où il allait l'emmener déjeuner. Pas trop loin de la PJ et de préférence dans un des restos sur liste de Jab. En la cherchant, le commissaire renversa un peu de son café sur sa chemise, et il constata que son estomac se transformait en bedaine proéminente. Les boutons peinaient à retenir sa brioche, et la chemise en profitait pour bâiller d'une façon peu élégante. Cela perturba sérieusement le Parisien. Presque toute sa vie d'adulte, il avait pris ses repas dans des restaurants et des bistrots. Par nécessité, par facilité et par goût : il aimait la variété des cartes, l'atmosphère des différents établissements où il se rendait, et enfin le fait qu'il ne devait pas faire la vaisselle. Pour le vieux célibataire qu'il était, ce dernier point n'était pas du tout négligeable.

Il prenait du poids, et sa mission allait l'obliger à déjeuner et dîner dehors encore pas mal de fois. Il faudrait qu'il fasse un peu attention à sa ligne, sans doute réduire aussi sa consommation de vin. Bref, que des mauvaises nouvelles. De quoi le rendre bougon pour le restant de la journée. Il aimait la nourriture bien préparée, les saveurs différentes et la palette infinie des vins. Il n'allait quand même pas se priver ?

De penser à tout cela, notamment au célibat et à la vaisselle, lui rappela soudainement qu'il n'avait pas eu de nouvelles d'Émilie. Il n'était pas particulièrement fier de sa conduite de la veille, bien qu'il y ait eu le meurtre de Verhaeghe. Il devait des excuses à la brigadière-chef. Il l'appela au téléphone, mais il tomba sur son répondeur et laissa un bref message. Il pensait l'inviter un autre soir, comme elle avait souhaité. Pour la suite, il verrait.

Était-ce bien nécessaire de s'embarquer dans une histoire plus ou moins sentimentale alors qu'il avait toutes les chances de repartir rapidement sur Paris, ou ailleurs. Le Chef lui avait bien dit de faire le mort. Mais le e-mail qu'il venait de lui envoyer changeait la donne. Hob aurait une réponse rapide, car le Chef vivait avec son portable, ses téléphones fixes et un œil sur son ordinateur. Comment faisait-il avant l'invention de toutes ces machines ?

Cela lui fit penser à son PDA/GPS qui n'avait pas vu son berceau d'alimentation depuis un certain temps : la batterie était presque déchargée ; et une diode clignotait impatiemment. Posé sur sa base, le machin émit presque une note de satisfaction, une sorte de “ gloup ” de plaisir. Hob se frotta les yeux. On n'avait quand même pas doté ces trucs d'expressions et de sentiments humains ?

Il n'eut pas l'occasion de répéter son geste afin de réécouter le gloussement du PDA, car, cette fois-ci il en était persuadé, une mouette rieuse s'était posée sur le rebord de la fenêtre. Il la vit, énorme et arrogante, le regardant de son œil froid et méprisant. Il détestait vraiment ces volatiles. Volatiles ! Les mouettes en faisaient bien partie et donc pouvaient facilement transporter la grippe aviaire découverte par Carlo Lévy. Comment allaient réagir les autorités face à tous ces oiseaux sauvages envahissant les zones habitées par des humains ? Car la liste était fort longue : mouettes bien sûr, mais aussi pigeons, étourneaux, corbeaux, moineaux, mésanges, bref, tout ce qui volait encore et que les pesticides et la pollution n'avaient pas éliminé dans les centres urbains.

Hob demanderait au Chef ce que les services de sécurité avaient fait du chercheur pas si fou que cela. L'avenir était plutôt sombre, pensa le commissaire, et les petits sachets de la mafia chinoise apparaissaient dérisoires par rapport au nouveau virus galopant et dévastateur. Il lui vint une autre idée : pourquoi donc personne ne s'était-il vraiment penché sur la mort des cinq " chasseurs " de la Dombes ? Bien sûr, Hob et Duporc, le commissaire de Bourg-en-Bresse, avaient fait l'enquête, mais on ne pouvait pas dire qu'on les avait beaucoup aidés. Fallait-il en déduire que certaines autorités étaient déjà au courant et avaient préféré enterrer l'affaire ? Sans tomber dans la ridicule théorie des complots, on pouvait se poser la question. Et alors, Don Carlo, l'adjoint de Lévy, avait-il été supprimé par d'anciens nostalgiques du communisme ou par un discret agent français ?

Hob croyait pourtant avoir résolu la question, mais maintenant il avait des doutes. Non que cela puisse changer quoi que ce soit au résultat puisque le Chef, malin et prévoyant, allait passer toute l'enquête à la DGSE et au Quai d'Orsay. Le meilleur moyen pour que tout soit étouffé, mais Hob n'y pouvait rien. Cependant, il aurait bien aimé savoir, pour satisfaire ses capacités de déduction et se rassurer. Il n'était pas encore gâteux ni ravagé par l'alcool, même s'il prenait un peu de ventre. Il passa une main amicale sur son estomac. Pas de doute, la rondeur se faisait sentir.

Cette fois-ci, il entendit frapper à sa porte. C'était bien le jeune Eusèbe Bélazor, pimpant dans son uniforme repassé de frais. Était-il marié ? Est-ce que c'était son épouse qui le bichonnait ainsi ? En tout cas, il n'avait pas d'alliance. Mais qui en portait de nos jours ? Même s'il avait souhaité le faire, Hob n'aurait pas pu, car l'articulation de ses phalanges étaient toutes gonflées par l'arthrite.

- Bélazor ! entrez donc, je suis à vous dans quelques instants.

- Merci, commissaire, je préfère rester debout. Et il prit une position toute militaire, presque au garde-à-vous.

- Je n'ai pas eu le temps de choisir notre restaurant, vous avez combien de temps environ ?

- Je pense que je peux être absent pendant quatre vingt-dix minutes, cela est bien suffisant.

- En effet, en effet….

Hob cherchait dans la liste préparée par Jab, un endroit proche de la PJ. Il en trouva un, dont les menus étaient à des prix presque aussi bas que chez Fettuccini, le patron du *Dormeur du Val*. La comparaison serait intéressante.

- Voilà, que diriez-vous de *La Marmotte qui danse* ? Les noms des restaurants, dans votre pays, sont délirants !

- Excellent choix, commissaire, je connais et c'est très bon. L'adresse c'est facile, c'est 50°38 N ; 3°3,5 E !

- Bélazor ! Vous aussi êtes un adepte de cette méthode chiffrée ?

- Bien sûr, commissaire ! Ici, tout le monde fonctionne comme cela !

Ils étaient un peu cinglés, à la PJ de Lille ! Il n'y avait rien d'anormal ni de confidentiel, à se donner entre collègues une adresse de façon humaine. Pour Hob, *La Marmotte qui danse* se trouvait au 41 rue Thiers.

- Bon, allons-y à pied, c'est juste à côté ! lança Hob en prenant son pardessus.

Dans un sens, c'était peut-être aussi bien qu'il ne reste pas plus longtemps à la PJ de Lille. Entre le GPS et Émilie, cela faisait beaucoup d'agacement pour un seul homme, bien fatigué.

CHAPITRE 12.
Ils devisèrent paisiblement en allant vers La Marmotte qui danse.

Ils devisèrent paisiblement en allant vers *La Marmotte qui danse*. Hob apprit ainsi que le futur Simenon était du coin. Il avait fait ses études à Lille 3, sur le campus de Villeneuve-d'Ascq. Puis il avait échoué aux concours d'entrée des écoles de journalisme et réussi celui-ci de la police. C'était aussi simple que cela. Mais le démon de l'écriture le taraudait toujours, alors il avait écrit ce roman dont il attendait beaucoup, car il y avait travaillé pendant deux ans.

- Ah, commissaire, j'ai eu un contact de votre relation dans l'édition, lança joyeusement Bélazor, une fois qu'ils furent assis dans le restaurant. Lequel n'avait rien de savoyard, malgré son nom.

- Déjà ? Excellent, Eusèbe. Et que vous a-t-on dit ?

- Que les Éditions des Menottes d'Or avait soumis *La Mort au bout de la fourchette* à son comité de lecture. Vous savez commissaire, il parait même que certains de vos collègues y sont !

- Non ? Ça, par exemple !

Hob était content que le jeune écrivain ait eu au moins un retour positif pour son roman. Il ne connaissait absolument pas cette maison, mais espérait que Bélazor serait publié. Son polar était original, bien écrit, et allait tomber à pic avec tous les scandales concernant l'agroalimentaire. Ce qui le ramena directement au menu et à son assiette.

Du filet de bar en papillote à six euros la portion, cela dépassait l'entendement. Hob en commanda donc. Bélazor prit, lui, un sauté de veau façon grand-mère. Les deux policiers convinrent qu'ils pouvaient se passer de vin pour ce repas de mi-journée. Ils burent donc de l'eau minérale gazeuse, affichée au tarif exorbitant de trois euros la bouteille : la moitié du prix du bar ! Le dessert fut simple : crème brûlée pour Hob et gâteau de riz pour Eusèbe. Le tout fut bon, rapidement servi. Trop même. Le Parisien avait chronométré : huit minutes pile entre la commande et l'assiette posée fumante sur la table. Ce n'était plus de la cuisine, ne parlons pas ici de gastronomie, mais plutôt de logistique alimentaire évoluée. Pour Hob, pas de doute, ces techniques-là relevaient bien des petits sachets en plastique de la mafia chinoise, donc des plats semi-préparés, voire totalement prêts dans le cas précis.

Bélazor était fin bec, ce qui ne surprit pas le commissaire, car comment pouvait-on écrire *La Mort au bout de la fourchette* sans aimer la nourriture ? Il parlait avec justesse et une certaine expérience de la cuisine en général, la vraie. Quand Hob lui expliqua les nouvelles habitudes culinaires de la restauration française, le jeune policer en resta coi. Il n'imaginait pas cela ainsi, bien qu'il ait été sur l'enquête concernant les sachets chinois.

- Vous comprenez, Eusèbe, ce n'est pas le fait que les ingrédients soient préparés d'avance qui me chagrine, c'est que nous ne savons pas ce que les sachets contiennent ! On a, en fait, deux problèmes aujourd'hui :

1) de plus en plus d'arômes remplacent les produits originaux – on fait de l'arôme de vin blanc par exemple – et ce serait un moindre mal si ces arômes étaient naturels. Or, ces derniers coûtent fort cher, donc l'agroalimentaire les remplace par des arômes de synthèse qui doivent être “ fixés ”, au sens chimique, sur des supports. Et ce sont ceux-

là qui me paraissent douteux, et qui sont, d'après la littérature médicale, allergènes, donc dangereux. Que le potage au poulet, acheté au supermarché du coin, en sachets lyophilisés, ne contienne pas de poulet, soit. Mais qu'il déclenche de violentes allergies et vous conduise directement à l'hôpital, voilà qui m'interpelle.

Hob but lentement son verre d'eau gazeuse avant de poursuivre.

- 2) Ce qui est produit par l'agroalimentaire, pour notre consommation humaine, contient beaucoup trop d'ersatz. Le danger est là. Non seulement nous ne savons pas avec quoi nous nous nourrissons, mais nous perdons notre goût. Pas étonnant que l'obésité gagne du terrain avec toutes les cochonneries que l'on nous fait avaler ! Je suis persuadé que les enfants perdent l'habitude des goûts subtils qui naissent d'une vraie cuisine, de plats mijotés à la maison. Je sais bien qu'avec la gamme actuelle des arômes naturels ou chimiques on peut tout recréer, mais on ne peut que donner l'illusion. Et à quel prix pour notre santé [15]?

- Commissaire, si vous me permettez ce cliché, “ mais que fait la police ” ?

- Bélazor, le domaine de la bouffe est, dans ce pays, d'une rare complexité. Ce que fait la police ? Elle enquête, comme vous avez pu vous en rendre compte, et votre patron est à la tête de la plus sérieuse action engagée contre l'importation de produits non contrôlés par nos services vétérinaires. Car ce sont eux les maîtres en la matière, pas nous ! Eux seuls peuvent faire fermer un établissement ! Nous, nous constatons que les produits ne sont pas conformes et sont entrés illégalement sur le territoire, eux ont une panoplie graduée d'interventions. Cela va de la “ fermeture administrative d'urgence ” pour un manque total d'hygiène par exemple, à la “ fermeture administrative contradictoire ” qui laisse deux mois aux patrons pour corriger les manquements, en passant par les “ avertissements ” concernant ce que l’on appelle, pudiquement, une “ erreur de gestion des stocks ”. Ce qui signifie dans notre belle langue : date limite de consommation périmée !

- Commissaire, ce que vous me dites ne donne plus très envie d’aller au restaurant !

- Que devrais-je dire, Bélazor ? Je suis en service commandé et j’ai encore une longue liste d’établissements à visiter ! Non seulement je prends du poids, mais je risque l’empoisonnement, ni plus ni moins ! gronda Hob, que le sujet commençait à énerver sérieusement.

- Je n’avais pas du tout imaginé que cette histoire de sachets chinois prendrait ces proportions, confessa le jeune policier. C’est ce scénario-là qui aurait convenu pour *La Mort au bout de la fourchette !*

- Votre sujet est parfait et, surtout, ne le changez pas ! répondit le Parisien avec force. Moi, il me plaît beaucoup ! Et puis, pensez un peu au marketing de votre bouquin ! Vous croyez que les lecteurs vont se précipiter sur un livre qui, à chaque page, leur rappellera que ce qu’ils mangent les tue à petit feu ? Ce serait plutôt le meilleur moyen de les faire fuir.

- Vous en êtes sûr ? demanda Eusèbe avec la candeur de sa jeunesse inexpérimentée.

- Écoutez, mon vieux, à ma connaissance les gens qui vont voir des films sur les chômeurs – qui ne sont pas si nombreux que cela, d’ailleurs – sont ceux qui ont un boulot, pas ceux qui font la queue à l’ANPE. Être sur la carreau, sur le sable, ils connaissent, ils n’ont pas besoin de payer pour découvrir à quoi cela ressemble !

Cette dernière remarque laissa le jeune policier pantois. Visiblement, c’était un point de vue qu’il n’avait jamais envisagé.

En tout cas, nota Hob, cela ne lui coupa pas l’appétit. Le commissaire paya avec sa carte bleue et chercha des yeux le patron. Il ne le vit point. Bélazor remercia chaleureusement. Le divisionnaire parisien rentrer seul à la PJ ; son invité devait rencontrer d'autres collègues à la mairie.

Le Chef n'avait toujours pas appelé, mais quand Hob consulta son ordinateur, il trouva un long mail de ce dernier. Il acceptait l'analyse de son âme damnée. Il transférait tout de suite l'affaire des cadavres de la Dombes à la DGSE. Néanmoins, il conseillait encore à Hob, de " faire le mort ". " Profitez-en pour vous reposer, un peu, disons deux ou trois jours, mettez vous au vert, visitez un peu le coin, c'est charmant ". Venant de la part de quelqu'un qui ne mettait jamais les pieds hors de Paris, cela ne manquait pas de sel ! Quand diable le Chef était-il venu dans ce coin de France ? Dans sa tendre enfance, sûrement, car depuis qu'il était le patron du commissaire divisionnaire, Hob ne l'avait jamais vu quitter son bureau parisien. Cela dit, la radinerie du Chef en matière de repos et de jours de congé avait fait le tour de la PJ depuis longtemps. Alors, il ne fallait surtout pas refuser.

Hob écouta son répondeur téléphonique : Émilie n'avait pas appelé. Le commissaire se sentit mal à l'aise et décida de faire le premier pas, en se rendant directement au bureau de la brigadière-chef. Il frappa à la porte et entra quand il entendit sa voix.

- Commissaire ! Quel bon vent vous amène dans ces étages inférieurs ? lança la jeune femme sur un ton moqueur.

- Émilie, je voulais vous dire de vive voix combien j'étais désolé pour hier soir. Comme vous l'avez, sans doute, appris, ce fut une nuit assez mouvementée...

- Si j'ai bien compris, commissaire, avec vous les nuits sont toujours agitées ! répondit-elle en riant.

Elle était radieuse dans son uniforme et ne semblait pas lui tenir rigueur de son comportement de la veille. Il décida donc de foncer :

- Que diriez-vous, mademoiselle Défêt, de venir dîner avec moi ce soir ? On goûtera cette fois-ci aux spécialités locales. Promis !

- Hum, fit-elle en minaudant et en faisant semblant de compulser l'agenda ouvert sur son bureau. Je crois que cela est possible. Mais à une condition…

- Laquelle ? dit un peu trop vite Hob, qui s'en voulait déjà de se conduire comme un jeune galopin épris.

- De ne pas aller dans les restaurants de la liste de Jablonski. Les rumeurs vont vite ici, et elles ne sont pas bonnes concernant ces établissements.

- D'accord, mais je vous signale que je sors de l'un deux, alors si je ne suis pas au rendez-vous ce soir, vous saurez ce qui m'est arrivé : mort empoisonné !

- Ne dites pas de bêtises, commissaire ! Jusqu'à présent, personne n'en est mort, pas plus que de la bistouille de contrebande.

- Il ne suffit que d'une fois, mademoiselle ! Et je préférerais que cela ne tombe pas sur moi, si vous me pardonnez cet égoïsme. Je veux bien être dévoué à mon métier, mais terminer ma carrière en me consumant à petit feu de l'intérieur, suite à une intoxication alimentaire foudroyante, j'avoue que cela ne me dit guère.

- Bien, commissaire, quelle heure ce soir et où ?

- Pour faire simple, et parce que nous avons tous deux fort affaire cet après-midi, disons 20 h, ici même, cela vous convient-il ?

- Parfait, merci et à plus tard.

Elle le congédia un peu trop vivement à son goût, mais il devait se faire à son caractère. Il remonta à son bureau pour constater que la mouette rieuse avait élu domicile sur le rebord de la fenêtre et ricanait à tue-tête. Il la chassa avec colère.

Puis il passa une série de coups de téléphone. Jablonski et

les services vétérinaires furent prévenus d'aller faire une descente à *La Marmotte qui danse*. Le Lillois répercuta les ordres immédiatement. Une heure à peine après l'intervention de Hob, le patron du restaurant devait s'expliquer sur l'origine de nombreux petits sachets en plastique non identifiés. Jab était aux anges et le fit savoir immédiatement à son collègue parisien.

- Je vous dirais bien d'aller faire un tour ce soir dans Lille, Hob, mais je crains de terminer assez tard. Quesnoy et Duchâtel n'en finissent pas de parler, et il nous faut trier, au plus vite, le vrai du faux, vous comprenez.

- Je vous avouerai, Jab, que ce soir, après mon service commandé au restaurant, je voudrais bien me coucher de bonne heure et me reposer un peu. Ces derniers jours ont été un peu trop mouvementés à mon goût.

- Alors, prenons rendez-vous, pour demain soir ?

- D'accord, Jab, et n'oubliez pas d'inviter votre épouse.

- Entendu, bonne soirée.

Le commissaire parisien se remit au travail et éplucha enfin sa pile de dossiers. À ce rythme-là, toute la forêt amazonienne aurait disparu avant la fin de son séjour. Parmi tous les formulaires, circulaires, textes de lois, et autres rapports, il trouva celui du médecin légiste sur Verhaeghe. Il confirmait bien les aveux de Duchâtel. Donc, de ce côté-là, l'affaire était réglée. Il ne restait plus maintenant que les petits sachets des chinois, et cela prenait bonne tournure. Hob ne souhaitait pas que son repas du soir fût entièrement concocté avec ceux-ci, mais il ne pouvait s'empêcher d'y penser.

Il consulta longtemps la liste établie par Jab, sélectionna deux établissements, puis consulta Internet pour s'assurer qu'il y trouverait bien des plats régionaux. Ce qui l'intéressait, c'étaient des ingrédients et mets dont il avait entendu parler, depuis longtemps, et auxquels il n'avait jamais goûté. Il préférait choisir lui-même plutôt que de se fier au goût d'Émilie. Non pas qu'il ne lui fasse pas confiance, mais, au fond de lui-même, le commissaire n'était pas persuadé qu'ils avaient les mêmes goûts. Hob voulait donc déguster des lingots du Nord, ces haricots blancs qui étaient, disait-on, des merveilles. Il souhaitait se pourlécher les babines avec tous les plats préparés avec de la bière, comme la carbonade de poissons. Il désirait savourer le fameux *Waterzoï*, soupe de poissons flamande, et l'imprononçable *Potjevleesch*, savant mélange de viandes en pot, comprenant du poulet, du lapin, du veau et de la poitrine de porc.

Mais attention, Hob n'est pas qu'un ventre à pattes (n'oubliez pas qu'il est en service commandé pour sa tournée des restaurants), il attend depuis son arrivée de visiter et d'apprécier cette ville qu'il sent propice aux découvertes. Il voudrait bien voir la *Ronde de Nuit* de Daniel Burren, cette installation lumineuse de vingt-huit mètres de diamètre dans l'îlot Comtesse, dont le titre évoque la peinture de Rembrandt. Comme il a hâte de découvrir ce que sont les " maisons Folie ", bâtiments industriels désaffectés et restaurés pour devenir des lieux de rencontres et de spectacles. Tout cela a été mis sur pied lorsque Lille a été nommée " Capitale européenne de la culture ", en 2004.

Depuis son arrivée, Hob n'avait pas entendu, une seule fois, le son d'un accordéon que l'on disait pourtant l'instrument musical par excellence du Nord. Non pas qu'il adorât ce dernier, loin de là, mais, s'il faisait partie du décor, autant en profiter.

Amateur de bons livres, le commissaire, n'avait même pas réussi à mettre les pieds à la célèbre librairie du *Furet du Nord*, c'était un comble ! Les jours de congés du Chef seraient les bienvenus.

De regarder tous ces menus et toutes ces recettes sur le Net le faisait saliver. Il jeta finalement son dévolu sur un restaurant, souligné deux fois, sur la liste de Jab : le *Hochepot farceur*, spécialisé dans les plats du Nord qui faisaient tant rêver Hob.

Il est vrai qu'à regarder la composition de ces derniers, le Parisien, fin connaisseur en matière culinaire, avait décelé des ingrédients facilement remplaçables par les petits sachets des Chinois. La preuve, son bar en papillote à *La Marmotte qui danse* provenait de lointaines contrées asiatiques et n'en était pas forcément. Pourtant, et Hob le reconnaissait volontiers, cela avait été succulent. La technologie agroalimentaire de substitution, chinoise ou pas, était au point. Mais pas question de savoir ce qu'ils mangeaient, lui et ses contemporains.

Il réserva néanmoins au *Hochepot farceur*, non sans, une fois encore, remarquer combien les restaurateurs du coin étaient désopilants. Puis il se replongea dans ses dossiers.

À 20 heures précises, Émilie entra, après un discret coup à sa porte. Elle était encore plus attirante que la veille au soir. Elle portait une robe seyante, verte comme ses yeux. Elle avait dénoué ses cheveux qui tombaient sur ses épaules. Il la dévisagea comme s'il la voyait pour la première fois, ce qui la fit éclater de rire.

- Commissaire ? Oh ! oh ! C'est moi !

- Excusez-moi, Émilie, j'étais plongé dans mes dossiers ...

- Je vois, vous pensez plus à votre boulot qu'à notre rendez-vous !

- Pas du tout ! Mais...

Il s'était fait prendre au piège comme un gamin, en cherchant à se dédouaner. Il valait mieux qu'il s'arrête là, sinon il allait s'enferrer de plus en plus pour le restant de la soirée. Et la brigadière-chef, fine mouche, le manipulerait exactement là où elle voulait qu'il aille : dans son lit. Pour l'instant, il n'avait pas encore décidé s'il cèderait aux avances de la demoiselle, ce qui était quand même, vu son âge, le monde à l'envers, pensait-il.

- À pied ou en voiture ? demanda Émilie.

- Pleut-il ? répliqua Hob

- Pas encore, mais cela ne saurait tarder. Vous n'aimez pas beaucoup la pluie, commissaire. Pourtant dans le Nord, c'est indispensable, cela fait partie du paysage et des gens, vous savez.

Le Parisien préféra ne rien répondre à cela. Au cours de ses multiples enquêtes à travers la France profonde, il en avait reçu des litres d'eau sur la tête, lui qui n'aimait pas les chapeaux et encore moins les parapluies.

- À pied ! dit-il en rangeant un peu brusquement son bureau. De toute façon, ce n'est pas loin, puisque nous allons au *Hochepot farceur*, situé rue Saint-Étienne. Et puis, en route vous continuerez de me faire visiter cette ville que je ne connais toujours pas.

- Avec plaisir, commissaire. Et elle l'aida à enfiler son pardessus, car sa douleur dans la nuque était revenue.

Ils déambulèrent tranquillement rue Nationale, puis rue de l'Hôpital Militaire avant de rejoindre la rue Saint-Étienne.

- Ici, dit Émilie, en montrant une superbe fromagerie, vous trouverez le meilleur maroilles de tout Lille. Vous l'avez déjà goûté ?

Hob ne put que secouer négativement la tête. Il avait tant et tant à découvrir dans cette ville. Aussi passa-t-il un long moment à examiner la vitrine du fromager et à s'imprégner des noms à défaut des goûts : maroilles, mimolette, gouda extra-vieux, mont-des-cats des pères trappistes, tomme de Cambrai, rollot, puant de Lille, cœur d'Arras, entre autres. L'étal était impressionnant et fit saliver le commissaire. Pourtant, il s'était bien juré de ne pas trop manger et de faire attention à sa ligne. Saurait-il résister, ce soir, à toutes les tentations ?

Le dîner fut à la hauteur des espérances du commissaire parisien : délicieux et arrosé de plusieurs bières savoureuses. Et les petits sachets chinois dans tout ça ? Hob était pratiquement sûr qu'il en avait goûté plusieurs ce soir-là. Mais c'était bon, alors il ne fallait pas bouder son plaisir. Bien sûr, il fit son rapport à Jab, et après la lecture de celui-ci, son homologue lillois fit le nécessaire. On trouva bien, comme Hob l'avait soupçonné, des petits sachets à l'origine non identifiée. La patronne avoua se servir chez un nouveau grossiste " sympa et pas exigeant sur le date de paiement des factures ". Quand l'équipe de Jab arriva à son entrepôt, il n'y avait plus personne. Par contre, elle mit la main sur quelques centaines de kilos de petits sacs anonymes contenant de la nourriture semi-préparée et lyophilisée.

Mais n'anticipons pas, revenons à cette soirée entre Jab et Émilie. Celle-ci fut charmante, et quand le commissaire décida de rentrer, c'est elle qui commanda le taxi, donna son adresse. Hob ne dit rien. Par paresse, par fatigue ou par désir de se retrouver avec la jeune femme ? Difficile à dire. Nous respectons son intimité et, dans le cas particulier, il ne nous a rien confié.

Pendant les jours suivants, Hob termina ses rapports, ses signatures sur d'innombrables formulaires et prit un peu de repos, avec la bénédiction du patron de la PJ lilloise. Cela faisait des lustres qu'il n'avait pas eu deux jours à lui d'affilée. Quand Jab lui demanda de venir passer une soirée dans le Vieux Lille, il s'aperçut que son collègue parisien avait quitté l'hôtel familial pour aller s'installer chez la brigadière-chef. Il aurait pu la convier, mais lui non plus, tout comme le Chef à Paris, n'aimait pas beaucoup le mélange des genres. Émilie le comprit d'ailleurs fort bien et se demanda, une fois Hob rentré à Paris, pourquoi elle était promue au rang de brigadière-major aussi rapidement.

Dans le TGV du retour, Hob délaissant, une fois de plus, *Madame Bovary*, se surprit à jouer avec son PDA/GPS. Jab lui en avait fait cadeau, sans doute sur les conseils d'Émilie. La preuve, l'écran s'ouvrait sur la carte de Lille, et une petite croix clignotait à l'adresse précise de la brigadière-chef. Le Parisien se demanda comment le commissaire lillois arriverait à expliquer à sa hiérarchie la disparition d'un objet aussi coûteux. Pour les comptabilités des administrations, les cadeaux sont une notion inconnue. Ou alors, ils existent sous d'autres noms. Arrivé à ce point de sa carrière, Hob n'a jamais eu l'occasion de les découvrir. On parle beaucoup, ici et là, dans les media surtout, de corruption. Mais il ne l'a jamais rencontrée directement. Personne n'est jamais venu le voir et lui proposer des avantages financiers ou matériels. Par contre, il connaît certains collègues qui “ en croquent ”, comme l'on dit dans la Grande Maison. Cela est une autre histoire, pas la sienne en tout cas.

En faisant le point sur son séjour lillois, Hob conclut que cette semaine avait été bien remplie. Pas une seule fois, il ne s'était ennuyé, car ni les gens ni les événements ne lui en avaient laissé le temps. Parti pour une histoire d'alcool de contrebande, de la bistouille nordique, il revenait sain et sauf – mais tout juste – avec une enquête inachevée sur la contrefaçon de nourriture. Mais, dans le fond, en était-ce vraiment ?

Par la vitre du train, il regardait l'interminable file de camions semi-remorques qui roulaient sur l'autoroute et à vive allure vers Paris. Combien de millions de petits sachets chinois voyageaient ainsi ?

La mafia chinoise avait sans doute encore de beaux jours devant elle avec ses produits alimentaires finis et semi-préparés. La tentation serait grande, pour les restaurateurs de l'Hexagone, de s'approvisionner chez elle, à moindre coût. Le coup de pied dans la fourmilière, pour reprendre l'expression favorite de Jab avait, certes, été payant sur le moment. Sur la durée, c'était beaucoup moins sûr, les deux commissaires le savaient bien, mais leurs hiérarchies respectives voulaient des résultats immédiats, tangibles et qui fassent la une des journaux. Dans le cas précis, elles avaient été ravies.

Et Émilie ? Hob y pensait beaucoup. Il n'était pas sûr de l'avenir de cette liaison avec la jeune femme. Elle souhaitait, naturellement, demander sa mutation à Paris bien qu'il soit le plus souvent, lui, en vadrouille en province. Il n'avait pas répondu par un " non " catégorique, mais il avait convaincu la brigadière-chef – elle n'a pas encore pris du galon à cet instant – d'aménager un temps de réflexion et de voir comment leurs sentiments évoluaient. Hob voyait surtout la différence d'âge et la fin de son célibat auquel, il tenait, peut-être, plus qu'il ne voulait bien l'avouer.

De Lille, il gardait un excellent souvenir et se promit d'y revenir dès que possible, pas forcément pour retrouver Émilie, d'ailleurs. Après tout, la capitale du Nord n'était qu'à une heure de TGV.

Jab et son équipe avaient été accueillants et Hob avait eu plaisir à travailler avec eux.

Eusèbe Bélazor, qui ne manquait pas d'humour, avait choisi, comme cadeau de départ, une superbe bouteille en grès, de vrai genièvre (le commissaire allait le laisser vieillir un certain temps, car il n'était pas encore prêt à boire !). Le futur Simenon lillois était ravi, son tapuscrit avait été retenu et serait publié. Hob était certain qu'avec un titre aussi prémonitoire, *La Mort au bout de la fourchette*, ce serait un succès foudroyant.

Le hasard des enquêtes l'amènerait peut-être à rejoindre ces collègues lillois, dans l'avenir. Cependant, dans l'immédiat, après avoir pointé son nez discrètement rue du Dessous-des-Berges et rencontré le Chef, il prendrait volontiers la clé des champs pour une autre enquête vers la frontière franco-suisse, du côté de Douvaine (Haute-Savoie). Des morceaux de cadavres, éparpillés des deux côtés de la frontière, cela l'intéressait beaucoup, le commissaire. Un peu de crime hexagonal et un peu de crime étranger. Un judicieux dosage, où il pourrait retrouver la délation de ses chers concitoyens. Dans sa dernière affaire, il était sorti un peu de ses compétences professionnelles avec la bouffe en sachets et les assassinats d'espions à la solde de Moscou.

Et puis, en Haute-Savoie, on y mangeait fort bien et qu'il sache, la tartiflette n'était pas encore en sachets. À moins que ? Il faudrait qu'il vérifie en arrivant à Paris[16]. Cependant, il devait surveiller son poids, même Émilie le lui avait fait remarquer.

Une fois de retour dans la capitale, il vaqua à diverses occupations professionnelles et et personnelles. Quelques jours plus tard, sur les conseils, un peu fermes du ministère de la santé, et par le canal des RG, les media attribuèrent la grippe aviaire à une jeune cigogne venue du Maroc. Comme quoi, la formule traditionnelle prononcée par sa mère - “ c'est vrai, puisque c'est dans le journal ” - , ne voulait plus rien dire !

Notes

1 *Les Voix de Brest*. Richard Deutsch. Éditions Gisserot. Paris. 2006.
2 Chicon : endive dans le vocabulaire du Nord, surnommée “ l’Or Blanc de Belgique ”.
3 Cf. *Les Voix de Brest.*
4 Le laboratoire P4 Jean-Mérieux est une structure unique en Europe pour que des équipes et des chercheurs puissent y développer des études sur les agents pathogènes de classe 4, c’est-à-dire les infections virales émergentes.
5 Personnage créé par Sax Rohmer dans les années trente, incarnant le Péril Jaune dans toute sa splendeur et sa cruauté… On consultera avec intérêt le site suivant, entièrement consacré à l’écrivain et à son personnage devenu mythique : http://www.njedge.net/~knapp/FuFrames.htm
6 Sur ce dossier, on consultera le site officiel de la police belge : http://www.killersbrabant.be/
7 Dr Pancrace Eusèbe Zéphyrin Brioché, dit Cosinus. Héros d’une bande dessinée de Christophe, parue en 1899. Rééditée régulièrement par les éditions A. Colin. Paris.
8 Eau de vie tchèque à base d’herbes, à ne pas confondre avec la slivovice, à base de prune.
9 DGSE : Direction générale de la Sécurité extérieure. Son siège se trouve à Paris, au 141 Bd Mortier (XXe).
10 Wifi : accès à Internet sans fil, par ondes radio.
11 PAF : Police de l’Air et des Frontières.
12 RTBF : Radio Télévision Belge en langue française.

13 COMECON : créé en 1949, sorte de “ Marché commun ” des pays de l’Est sous la ferme direction de l’URSS.
14 Cf. *Les Voix de Brest*. Richard Deutsch.
15 Cf. *Arôme dans notre assiette : la grande manipulation*. Hans Ulrich Grimm. Éditions Terre Vivante, 2004.
16 Hob sera déçu, car cela existe bel et bien en sachets sous vide-d’air avec injection de gaz neutre alimentaire ou en sachet alimentaire pour consommation rapide, dixerunt les meilleurs sites alimentaires !

28-8 Police!

Collection de romans policiers dirigée par Michel Renouard

- NICE, BAIE DES OMBRES - 1
Thierry Gallier

- LE SIOUX DES GRANDS BOULEVARDS - 2
Marc Rolland

- TERMINUS MONTPARNASSE - 3
Michel Renouard

- MISÉRICORDE À SAINT-MALO - 4
Nicole Vigouroux-Frey

- LA FALAISE DE PAIMPOL - 5
Christian Querré

- LES VOIX DE BREST - 6
Richard Deutsch

- PANIQUE AU QUARTIER LATIN - 7
Jean-Michel Calvez

- LES MANDARINS D'AVIGNON - 8
Pierre Berthier

- LA TENTURE ROUGE D'ANGERS - 9
Garance d'Arcy

- LA BISTOUILLE MORTELLE DE LILLE - 10
Richard Deutsch

Ce livre a été imprimé et façonné par Pollina 85400 Luçon N° L99412-J
Imprimé en France